GRöLS Verlage

„Bücher sind wie Fallschirme. Sie nützen uns nichts, wenn wir sie nicht öffnen."

Gröls Verlag

Redaktionelle Hinweise und Impressum

Das vorliegende Werk wurde zugunsten der Authentizität sehr zurückhaltend bearbeitet. So wurden etwa ursprüngliche Rechtschreibfehler *nicht* systematisch behoben, denn kleine Unvollkommenheiten machen das Buch – wie im Übrigen den Menschen – erst authentisch. Mitunter wurden jedoch zum Beispiel Absätze behutsam neu getrennt, um den Lesefluss zu erleichtern.

Um die Texte zu rekonstruieren, werden antiquarische Bücher von Lesegeräten gescannt und dann durch eine Software lesbar gemacht. Der so entstandene Text wird von Menschen gegengelesen und korrigiert – hierbei treten auch Fehler auf. Wenn Sie ebenfalls antiquarische Texte einreichen möchten, finden Sie weitere Informationen auf www.groels.de

Viel Freude bei der Lektüre wünscht Ihnen das Team des Gröls-Verlags.

Adressen

Verleger: Sophia Gröls, Im Borngrund 26, 61440 Oberursel

Externer Dienstleister für Distribution & Herstellung: BoD, In de Tarpen 42, 22848 Norderstedt

Unsere „Edition | Werke der Weltliteratur“ hat den Anspruch, eine der größten und vollständigsten Sammlungen klassischer Literatur in deutscher Sprache zu sein. Nach und nach versammeln wir hier nicht nur die „üblichen Verdächtigen“ von Goethe bis Schiller, sondern auch Kleinode der vergangenen Jahrhunderte, die – zu Unrecht – drohen, in Vergessenheit zu geraten. Wir kultivieren und kuratieren damit einen der wertvollsten Bereiche der abendländischen Kultur. Kleine Auswahl:

Francis Bacon • Neues Organon • **Balzac** • Glanz und Elend der Kurtisanen • **Joachim H. Campe** • Robinson der Jüngere • **Dante Alighieri** • Die Göttliche Komödie • **Daniel Defoe** • Robinson Crusoe • **Charles Dickens** • Oliver Twist • **Denis Diderot** • Jacques der Fatalist • **Fjodor Dostojewski** • Schuld und Sühne • **Arthur Conan Doyle** • Der Hund von Baskerville • **Marie von Ebner-Eschenbach** • Das Gemeindekind • **Elisabeth von Österreich** • Das Poetische Tagebuch • **Friedrich Engels** • Die Lage der arbeitenden Klasse • **Ludwig Feuerbach** • Das Wesen des Christentums • **Johann G. Fichte** • Reden an die deutsche Nation • **Fitzgerald** • Zärtlich ist die Nacht • **Flaubert** • Madame Bovary • **Gorch Fock** • Seefahrt ist not! • **Theodor Fontane** • Effi Briest • **Robert Musil** • Über die Dummheit • **Edgar Wallace** • Der Frosch mit der Maske • **Jakob Wassermann** • Der Fall Maurizius • **Oscar Wilde** • Das Bildnis des Dorian Grey • **Émile Zola** • Germinal • **Stefan Zweig** • Schachnovelle • **Hugo von Hofmannsthal** • Der Tor und der Tod • **Anton Tschechow** • Ein Heiratsantrag • **Arthur Schnitzler** • Reigen • **Friedrich Schiller** • Kabale und Liebe • **Nicolo Machiavelli** • Der Fürst • **Gotthold E. Lessing** • Nathan der Weise • **Augustinus** • Die Bekenntnisse des heiligen Augustinus • **Marcus Aurelius** • Selbstbetrachtungen • **Charles Baudelaire** • Die Blumen des Bösen • **Harriett Stowe** • Onkel Toms Hütte • **Walter Benjamin** • Deutsche Menschen • **Hugo Bettauer** • Die Stadt ohne Juden • **Lewis Caroll** • *und viele mehr….*

Friedrich Schiller

Der Geisterseher

Aus den Memoires des Grafen von O**

Inhalt

Erstes Buch

Ich erzähle eine Begebenheit, die vielen unglaublich scheinen wird, und von der ich großenteils selbst Augenzeuge war. Den wenigen, welche von einem gewissen politischen Vorfalle unterrichtet sind, wird sie – wenn anders diese Blätter sie noch am Leben finden – einen willkommenen Aufschluß darüber geben; und auch ohne diesen Schlüssel wird sie den übrigen, als ein Beitrag zur Geschichte des Betrugs und der Verirrungen des menschlichen Geistes, vielleicht wichtig sein. Man wird über die *Kühnheit des Zwecks* erstaunen, den die Bosheit zu entwerfen und zu verfolgen imstande ist; man wird über die Seltsamkeit der *Mittel* erstaunen, die sie aufzubieten vermag, um sich dieses Zwecks zu versichern. Reine, strenge Wahrheit wird meine Feder leiten; denn wenn diese Blätter in die Welt treten, bin ich nicht mehr und werde durch den Bericht, den ich abstatte, weder zu gewinnen noch zu verlieren haben.

Es war auf meiner Zurückreise nach Kurland, im Jahr 17** um die Karnevalszeit, als ich den Prinzen von ** in Venedig besuchte. Wir hatten uns in **schen Kriegsdiensten kennen lernen und erneuerten hier eine Bekanntschaft, die der Friede unterbrochen hatte. Weil ich ohnedies wünschte, das Merkwürdige dieser Stadt zu sehen, und der Prinz nur noch Wechsel erwartete, um nach ** zurückzureisen, so beredete er mich leicht, ihm Gesellschaft zu leisten und meine Abreise so lange zu verschieben. Wir kamen überein, uns nicht voneinander zu trennen, solange unser Aufenthalt in Venedig dauern würde, und der Prinz war so gefällig, mir seine eigne Wohnung im „Mohren“ anzubieten.

Er lebte hier unter dem strengsten Inkognito, weil er sich selbst leben wollte und seine geringe Apanage ihm auch nicht verstattet hätte, die Hoheit seines Rangs zu behaupten. Zwei Kavaliere, auf deren Verschwiegenheit er sich vollkommen verlassen konnte, waren nebst einigen treuen Bedienten sein ganzes Gefolge. Den Aufwand vermied er, mehr aus Temperament als aus Sparsamkeit. Er floh die Vergnügungen; in einem Alter von fünfunddreißig Jahren hatte er allen Reizungen dieser wollüstigen Stadt widerstanden. Das schöne Geschlecht war ihm bis jetzt gleichgültig gewesen. Tiefer Ernst und eine schwärmerische Melancholie herrschten in seiner Gemütsart. Seine Neigungen waren still, aber hartnäckig bis zum Übermaß, seine Wahl langsam und schüchtern, seine Anhänglichkeit warm und ewig. Mitten in einem geräuschvollen Gewühle von Menschen ging er einsam; in seine Phantasienwelt verschlossen, war er sehr oft ein Fremdling in der wirklichen. Niemand war mehr dazu geboren, sich beherrschen zu lassen, ohne schwach zu sein. Dabei war er unerschrocken und zuverlässig, sobald er einmal gewonnen war, und besaß gleich großen Mut, ein erkanntes Vorurteil zu bekämpfen und für ein anderes zu sterben.

Als der dritte Prinz seines Hauses hatte er keine wahrscheinliche Aussicht zur Regierung. Sein Ehrgeiz war nie erwacht, seine Leidenschaften hatten eine andere Richtung genommen. Zufrieden, von keinem fremden Willen abzuhängen, fühlte er keine Versuchung, über andere zu herrschen: die ruhige Freiheit des Privatlebens und der Genuß eines geistreichen Umgangs begrenzten alle seine Wünsche. Er las viel, doch ohne Wahl; eine vernachlässigte Erziehung und frühe Kriegsdienste hatten seinen Geist nicht zur Reife kommen lassen. Alle Kenntnisse, die er nachher schöpfte, vermehrten nur die Verwirrung seiner Begriffe, weil sie auf keinen festen Grund gebauet waren.

Er war Protestant, wie seine ganze Familie – durch Geburt, nicht nach Untersuchung, die er nie angestellt hatte, ob er gleich in einer Epoche seines Lebens religiöser Schwärmer gewesen war. Freimäurer ist er, soviel ich weiß, nie geworden.

Eines Abends, als wir nach Gewohnheit in tiefer Maske und abgesondert auf dem St. Markusplatz spazieren gingen – es fing an, spät zu werden, und das Gedränge hatte sich verloren –, bemerkte der Prinz, daß eine Maske uns überall folgte. Die Maske war ein Armenier und ging allein. Wir beschleunigten unsere Schritte und suchten sie durch öftere Veränderung unseres Weges irre zu machen – umsonst, die Maske blieb immer dicht hinter uns. „Sie haben doch keine Intrige hier gehabt?“ sagte endlich der Prinz zu mir. „Die Ehemänner in Venedig sind gefährlich.“ –

„Ich stehe mit keiner einzigen Dame in Verbindung," gab ich zur Antwort. – „Wir wollen uns hier niedersetzen und deutsch sprechen," fuhr er fort. „Ich bilde mir ein, man verkennt uns." Wir setzten uns auf eine steinerne Bank und erwarteten, daß die Maske vorübergehen sollte. Sie kam gerade auf uns zu und nahm ihren Platz dicht an der Seite des Prinzen. Er zog die Uhr heraus und sagte mir laut auf französisch, indem er aufstand: „neun Uhr vorbei. Kommen Sie. Wir vergessen, daß man uns im „Louvre" erwartet." Dies sagte er nur, um die Maske von unsrer Spur zu entfernen. *„Neun Uhr,"* wiederholte sie in eben der Sprache nachdrücklich und langsam. „Wünschen Sie sich Glück, Prinz" (indem sie ihn bei seinem wahren Namen nannte). *„Um neun Uhr ist er gestorben."* – Damit stand sie auf und ging.

Wir sahen uns bestürzt an. – „Wer ist gestorben?" sagte endlich der Prinz nach einer langen Stille. – „Lassen Sie uns ihr nachgehen," sagte ich, „und eine Erklärung fordern." Wir durchkrochen alle Winkel des Markusplatzes – die Maske war nicht mehr zu finden. Unbefriedigt kehrten wir nach unserm Gasthof zurück. Der Prinz sagte mir unterwegs nicht ein Wort, sondern ging seitwärts und allein und schien einen gewaltsamen Kampf zu kämpfen, wie er mir auch nachher gestanden hat.

Als wir zu Hause waren, öffnete er zum ersten Male wieder den Mund. „Es ist doch lächerlich," sagte er, „daß ein Wahnsinniger die Ruhe eines Mannes mit zwei Worten erschüttern soll." Wir wünschten uns eine gute Nacht, und sobald ich auf meinem Zimmer war, merkte ich mir in meiner Schreibtafel den Tag und die Stunde, wo es geschehen war. Es war ein Donnerstag.

Am folgenden Abend sagte mir der Prinz:" Wollen wir nicht einen Gang über den Markusplatz machen und unsern geheimnisvollen Armenier aufsuchen? Mich verlangt doch nach der Entwickelung dieser Komödie." Ich war's zufrieden. Wir blieben bis eilf Uhr auf dem Platze. Der Armenier war nirgends zu sehen. Das nämliche wiederholten wir die vier folgenden Abende, und mit keinem bessern Erfolge.

Als wir am sechsten Abend unser Hotel verließen, hatte ich den Einfall – ob unwillkürlich oder aus Absicht, besinne ich mich nicht mehr –, den Bedienten zu hinterlassen, wo wir zu finden sein würden, wenn nach uns gefragt werden sollte. Der Prinz bemerkte meine Vorsicht und lobte sie mit einer lächelnden Miene. Es war ein großes Gedränge auf dem Markusplatz, als wir da ankamen. Wir hatten kaum dreißig Schritte gemacht, so bemerkte ich den Armenier wieder, der sich mit schnellen Schritten durch die Menge arbeitete und mit den Augen jemand zu suchen schien. Eben waren wir im Begriff, ihn zu erreichen, als der Baron von F** aus der Suite des Prinzen atemlos auf uns zukam und dem Prinzen einen Brief überbrachte. „Er ist schwarz gesiegelt," setzte er hinzu. „Wir vermuteten, daß es Eile hätte." Das fiel auf mich wie ein Donnerschlag. Der Prinz war zu einer Laterne getreten und fing an zu lesen. „Mein Cousin ist gestorben," rief er. *"Wann?"* fiel ich ihm heftig ins Wort. Er sah noch einmal in den Brief. „Vorigen Donnerstag. Abends um neun Uhr."

Wir hatten nicht Zeit, von unserm Erstaunen zurückzukommen, so stand der Armenier unter uns. „Sie sind hier erkannt, gnädigster Herr," sagte er zu dem Prinzen. „Eilen Sie nach dem „Mohren" . Sie werden die Abgeordneten des Senats dort finden. Tragen Sie kein Bedenken, die Ehre anzunehmen, die man Ihnen erweisen will. Der Baron von F** vergaß, Ihnen zu sagen, daß Ihre Wechsel angekommen sind." Er verlor sich in dem Gedränge.

Wir eilten nach unserm Hotel. Alles fand sich, wie der Armenier es verkündet hatte. Drei Nobili der Republik standen bereit, den Prinzen zu bewillkommen und ihn mit Pracht nach der Assemblee zu begleiten, wo der hohe Adel der Stadt ihn erwartete. Er hatte kaum so viel Zeit, mir durch einen flüchtigen Wink zu verstehen zu geben, daß ich für ihn wach bleiben möchte.

Nachts gegen eilf Uhr kam er wieder. Ernst und gedankenvoll trat er ins Zimmer und ergriff meine Hand, nachdem er die Bedienten entlassen hatte. "Graf," sagte er mit den Worten Hamlets zu mir, „es gibt mehr Dinge im Himmel und auf Erden, als wir in unsern Philosophien träumen."

„Gnädigster Herr," antwortete ich, „Sie scheinen zu vergessen, daß Sie um eine große Hoffnung reicher zu Bette gehen." (Der Verstorbene war der Erbprinz, der einzige Sohn des regierenden ***, der alt und kränklich ohne Hoffnung eigner Succession war. Ein Oheim unsers Prinzen, gleichfalls ohne Erben und ohne Aussicht, welche zu bekommen, stand jetzt allein noch zwischen diesem und dem Throne. Ich erwähne dieses Umstandes, weil in der Folge davon die Rede sein wird.)

„Erinnern Sie mich nicht daran," sagte der Prinz. „Und wenn eine Krone für mich wäre gewonnen worden, ich hätte jetzt mehr zu tun, als dieser Kleinigkeit nachzudenken. – – Wenn dieser Armenier nicht bloß erraten hat – –"

„Wie ist das möglich, Prinz?" fiel ich ein. –

„So will ich Ihnen alle meine fürstlichen Hoffnungen für eine Mönchskutte abtreten."

Den folgenden Abend fanden wir uns zeitiger als gewöhnlich auf dem Markusplatz ein. Ein plötzlicher Regenguß nötigte uns, in ein Kaffeehaus einzutreten, wo gespielt wurde. Der Prinz stellte sich hinter den Stuhl eines Spaniers und beobachtete das Spiel. Ich war in ein anstoßendes Zimmer gegangen, wo ich Zeitungen las. Eine Weile darauf hörte ich Lärmen. Vor der Ankunft des Prinzen war der Spanier unaufhörlich im Verluste gewesen, jetzt gewann er auf alle Karten. Das ganze Spiel war auffallend verändert, und die Bank war in Gefahr, von dem Pointeur, den diese glückliche Wendung kühner gemacht hatte, aufgefordert zu werden. Der Venezianer, der sie hielt, sagte dem Prinzen mit beleidigendem Ton – er störe das Glück, und er solle den Tisch verlassen. Dieser sah ihn kalt an und blieb; dieselbe Fassung behielt er, als der Venezianer seine Beleidigung französisch wiederholte. Der Letztere glaubte, daß der Prinz beide Sprachen nicht verstehe, und wandte sich mit verachtungsvollem Lachen zu den übrigen: „Sagen Sie mir doch, meine Herren, wie ich mich diesem Balordo verständlich machen soll?" Zugleich stand er auf und wollte den Prinzen beim Arm ergreifen; diesen verließ hier die Geduld, er packte den Venezianer mit starker Hand und warf in unsanft zu Boden. Das ganze Haus kam in Bewegung. Auf das Geräusch stürzte ich herein, unwillkürlich rief ich ihn bei seinem Namen. „Nehmen Sie sich in acht, Prinz," setzte ich mit Unbesonnenheit hinzu, „wir sind in Venedig." Der Name des Prinzen gebot eine allgemeine Stille, woraus bald ein Gemurmel wurde, das mir gefährlich schien. Alle anwesenden Italiener rotteten sich zu Haufen und traten beiseite. Einer um den andern verließ den Saal, bis wir uns beide mit dem Spanier und einigen Franzosen allein fanden. „Sie sind verloren, gnädigster Herr," sagten diese, „wenn Sie nicht sogleich die Stadt verlassen. Der Venezianer, den Sie so übel behandelt haben, ist reich und von Ansehen – es kostet ihm nur funfzig Zechinen, Sie aus der Welt zu schaffen." Der Spanier bot sich an, zur Sicherheit des Prinzen Wache zu holen und uns selbst nach Hause zu begleiten. Dasselbe wollten auch die Franzosen. Wir standen noch und überlegten, was zu tun wäre, als die Türe sich öffnete und einige Bedienten der Staatsinquisition hereintraten. Sie zeigten uns eine Ordre der Regierung, worin uns beiden befohlen ward, ihnen schleunig zu folgen. Unter einer starken Bedeckung führte man uns bis zum Kanal. Hier erwartete uns eine Gondel, in die wir uns setzen mußten. Ehe wir ausstiegen, wurden uns die Augen verbunden. Man führte uns eine große steinerne Treppe hinauf und dann durch einen langen gewundenen Gang über Gewölbe, wie ich aus dem vielfachen Echo schloß, das unter unsern Füßen hallte. Endlich gelangten wir vor eine andere Treppe, welche uns sechsundzwanzig Stufen in die Tiefe hinunterführte. Hier öffnete sich ein Saal, wo man uns die Binde wieder von den Augen nahm. Wir befanden uns in einem Kreise ehrwürdiger alter Männer, alle schwarz gekleidet, der ganze Saal mit schwarzen Tüchern behangen und sparsam erleuchtet, eine Totenstille in der ganzen Versammlung, welches einen schreckhaften Eindruck machte. Einer von diesen Greisen, vermutlich der oberste Staatsinquisitor, näherte sich dem Prinzen und fragte ihn mit einer feierlichen Miene, während man ihm den Venezianer vorführte:

„Erkennen Sie diesen Menschen für den nämlichen, der Sie auf dem Kaffeehause beleidigt hat?"

„Ja," antwortete der Prinz.

Darauf wandte jener sich zu dem Gefangenen: „Ist das dieselbe Person, die Sie heute abend wollten ermorden lassen?“

Der Gefangene antwortete mit Ja.

Sogleich öffnete sich der Kreis, und mit Entsetzen sahen wir den Kopf des Venezianers vom Rumpfe trennen. „Sind Sie mit dieser Genugtuung zufrieden?“ fragte der Staatsinquisitor. – Der Prinz lag ohnmächtig in den Armen seiner Begleiter. – „Gehen Sie nun,“ fuhr jener mit einer schrecklichen Stimme fort, indem er sich gegen mich wandte, „und urteilen Sie künftig weniger vorschnell von der Gerechtigkeit in Venedig.“

Wer der verborgene Freund gewesen, der uns durch den schnellen Arm der Justiz von einem gewissen Tode errettet hatte, konnten wir nicht erraten. Starr von Schrecken erreichten wir unsere Wohnung. Es war nach Mitternacht. Der Kammerjunker von Z** erwartete uns mit Ungeduld an der Treppe.

„Wie gut war es, daß Sie geschickt haben!“ sagte er zum Prinzen, indem er uns leuchtete. – „Eine Nachricht, die der Baron von F** gleich nachher vom Markusplatze nach Hause brachte, hatte uns wegen Ihrer in die tödlichste Angst gesetzt.“

„Geschickt hätte ich? Wann? Ich weiß nichts davon.“

„Diesen Abend nach acht Uhr. Sie ließen uns sagen, daß wir ganz außer Sorgen sein dürften, wenn Sie heute später nach Hause kämen.“

Hier sah der Prinz mich an. „Haben Sie vielleicht ohne mein Wissen diese Sorgfalt gebraucht?“

Ich wußte von gar nichts.

„Es muß doch wohl so sein, Ihro Durchlaucht,“ sagte der Kammerjunker – „denn hier ist ja Ihre Repetieruhr, die Sie zur Sicherheit mitschickten.“ Der Prinz griff nach der Uhrtasche. Die Uhr war wirklich fort, und er erkannte jene für die seinige. „Wer brachte sie?“ fragte er mit Bestürzung.

„Eine unbekannte Maske, in armenischer Kleidung, die sich sogleich wieder entfernte.“

Wir standen und sahen uns an. – „Was halten Sie davon?“ sagte endlich der Prinz nach einem langen Stillschweigen. „Ich habe hier einen verborgenen Aufseher in Venedig.“

Der schreckliche Auftritt dieser Nacht hatte dem Prinzen ein Fieber zugezogen, das ihn acht Tage nötigte, das Zimmer zu hüten. In dieser Zeit wimmelte unser Hotel von Einheimischen und Fremden, die der entdeckte Stand des Prinzen herbeigelockt hatte. Man wetteiferte untereinander, ihm Dienste anzubieten, jeder suchte nach seiner Art, sich geltend zu machen. Des ganzen Vorgangs in der Staatsinquisition wurde nicht mehr erwähnt. Weil der Hof zu ** die Abreise des Prinzen noch aufgeschoben wünschte, so erhielten einige Wechsler in Venedig Anweisung, ihm beträchtliche Summen auszuzahlen. So ward er wider Willen in den Stand gesetzt, seinen Aufenthalt in Italien zu verlängern, und auf sein Bitten entschloß ich mich auch, meine Abreise noch zu verschieben.

Sobald er soweit genesen war, um das Zimmer wieder verlassen zu können, beredete ihn der Arzt, eine Spazierfahrt auf der Brenta zu machen, um die Luft zu verändern. Das Wetter war helle, und die Partie ward angenommen. Als wir eben in Begriff waren, in die Gondel zu steigen, vermißte der Prinz den Schlüssel zu einer kleinen Schatulle, die sehr wichtige Papiere enthielt. Sogleich kehrten wir um, ihn zu suchen. Er besann sich aufs genaueste, die Schatulle noch den vorigen Tag verschlossen zu haben, und seit dieser Zeit war er nicht aus dem Zimmer gekommen. Aber alles Suchen war umsonst, wir mußten davon abstehen, um die Zeit nicht zu verlieren. Der Prinz, dessen Seele über jeden Argwohn erhaben war, erklärte ihn für verloren und bat uns, nicht weiter davon zu sprechen.

Die Fahrt war die angenehmste. Eine malerische Landschaft, die mit jeder Krümmung des Flusses sich an Reichtum und Schönheit zu übertreffen schien – der heiterste Himmel, der mitten im Hornung einen Maientag bildete – reizende Gärten und geschmackvolle Landhäuser ohne Zahl, welche beide Ufer der Brenta schmücken – hinter uns das majestätische Venedig, mit hundert aus dem Wasser springenden

Türmen und Masten, alles dies gab uns das herrlichste Schauspiel von der Welt. Wir überließen uns ganz dem Zauber dieser schönen Natur, unsere Laune war die heiterste, der Prinz selbst verlor seinen Ernst und wetteiferte mit uns in fröhlichen Scherzen. Eine lustige Musik schallte uns entgegen, als wir einige italienische Meilen von der Stadt ans Land stiegen. Sie kam aus einem kleinen Dorfe, wo eben Jahrmarkt gehalten wurde; hier wimmelte es von Gesellschaft aller Art. Ein Trupp junger Mädchen und Knaben, alle theatralisch gekleidet, bewillkommte uns mit einem pantomimischen Tanz. Die Erfindung war neu, Leichtigkeit und Grazie beseelten jede Bewegung. Eh' der Tanz noch völlig zu Ende war, schien die Anführerin desselben, welche eine Königin vorstellte, plötzlich wie von einem unsichtbaren Arme gehalten. Leblos stand sie und alles. Die Musik schwieg. Kein Odem war zu hören in der ganzen Versammlung, und sie stand da, den Blick auf die Erde geheftet, in einer tiefen Erstarrung. Auf einmal fuhr sie mit der Wut der Begeisterung in die Höhe, blickte wild um sich her – „Ein König ist unter uns," rief sie, riß die Krone vom Haupt und legte sie – zu den Füßen des Prinzen. Alles, was da war, richtete hier die Augen auf ihn, lange Zeit ungewiß, ob Bedeutung in diesem Gaukelspiel wäre, so sehr hatte der affektvolle Ernst dieser Spielerin getäuscht. – Ein allgemeines Händeklatschen des Beifalls unterbrach endlich diese Stille. Meine Augen suchten den Prinzen. Ich bemerkte, daß er nicht wenig betroffen war und sich Mühe gab, den forschenden Blicken der Zuschauer auszuweichen. Er warf Geld unter diese Kinder und eilte, aus dem Gewühle zu kommen.

Wir hatten nur wenige Schritte gemacht, als ein ehrwürdiger Barfüßer sich durch das Volk arbeitete und dem Prinzen in den Weg trat. „Herr," sagte der Mönch, „gib der Madonna von deinem Reichtum, du wirst ihr Gebet brauchen." Er sprach dies mit einem Tone, der uns betreten machte. Das Gedränge riß ihn weg.

Unser Gefolge war unterdessen gewachsen. Ein englischer Lord, den der Prinz schon in Nizza gesehen hatte, einige Kaufleute aus Livorno, ein deutscher Domherr, ein französischer Abbé mit einigen Damen und ein russischer Offizier gesellten sich zu uns. Die Physiognomie des letzteren hatte etwas ganz Ungewöhnliches, das unsere Aufmerksamkeit auf sich zog. Nie in meinem Leben sah ich so viele Züge und so wenig *Charakter*, so viel anlockendes Wohlwollen mit so viel zurückstoßendem Frost in *einem* Menschengesichte beisammen wohnen. Alle Leidenschaften schienen darin gewühlt und es wieder verlassen zu haben. Nichts war übrig als der stille, durchdringende Blick eines vollendeten Menschenkenners, der jedes Auge verscheuchte, worauf er traf. Dieser seltsame Mensch folgte uns von weitem, schien aber an allem, was vorging, nur einen nachlässigen Anteil zu nehmen.

Wir kamen vor einer Bude zu stehen, wo Lotterie gezogen wurde. Die Damen setzten ein, wir andern folgten ihrem Beispiel; auch der Prinz forderte ein Los. Es gewann eine Tabatiere. Als er sie aufmachte, sah ich ihn blaß zurückfahren. – Der Schlüssel lag darin.

„Was ist das?“ sagte der Prinz zu mir, als wir einen Augenblick allein waren. „Eine höhere Gewalt verfolgt mich. Allwissenheit schwebt um mich. Ein unsichtbares Wesen, dem ich nicht entfliehen kann, bewacht alle meine Schritte. Ich muß den Armenier aufsuchen und muß Licht von ihm haben.“

Die Sonne neigte sich zum Untergang, als wir vor dem Lusthause ankamen, wo das Abendessen serviert war. Der Name des Prinzen hatte unsere Gesellschaft bis zu sechzehn Personen vergrößert. Außer den oben erwähnten waren noch ein Virtuose aus Rom, einige Schweizer und ein Avantürier aus Palermo, der Uniform trug und sich für einen Kapitän ausgab, zu uns gestoßen. Es ward beschlossen, den ganzen Abend hier zuzubringen und mit Fackeln nach Hause zu fahren. Die Unterhaltung bei Tische war sehr lebhaft, und der Prinz konnte nicht umhin, die Begebenheit mit dem Schlüssel zu erzählen, welche eine allgemeine Verwunderung erregte. Es wurde heftig über diese Materie gestritten. Die meisten aus der Gesellschaft behaupteten dreist weg, daß alle diese geheimen Künste auf eine Taschenspielerei hinausliefen; der Abbé, der schon viel Wein bei sich hatte, forderte das ganze Geisterreich in die Schranken heraus; der Engländer sagte Blasphemien; der Musikus machte das Kreuz vor dem Teufel. Wenige, worunter der Prinz war, hielten dafür, daß man sein Urteil über diese Dinge zurückhalten müsse; während dessen unterhielt sich der russische Offizier mit den Frauenzimmern und schien das ganze Gespräch nicht zu achten. In der Hitze des Streits hatte man nicht bemerkt, daß der Sizilianer hinausgegangen war. Nach Verfluß einer kleinen halben Stunde kam er wieder, in einen Mantel gehüllt, und stellte sich hinter den Stuhl des Franzosen. „Sie haben vorhin die Bravour geäußert, es mit allen Geistern aufzunehmen – wollen Sie es mit *einem* versuchen?“

„Topp!“ sagte der Abbé – „wenn Sie es auf sich nehmen wollen, mir einen herbei zu schaffen.“

„Das will ich,“ antwortete der Sizilianer (indem er sich gegen uns kehrte), „wenn diese Herren und Damen uns werden verlassen haben.“

„Warum das?“ rief der Engländer. „Ein herzhafter Geist fürchtet sich vor keiner lustigen Gesellschaft.“

„Ich stehe nicht für den Ausgang,“ sagte der Sizilianer.

„Um des Himmels willen! Nein!“ schrien die Frauenzimmer an dem Tische und fuhren erschrocken von ihren Stühlen.

„Lassen Sie ihren Geist kommen,“ sagte der Abbé trotzig; „aber warnen Sie ihn vorher, daß es hier spitzige Klingen gibt“ (indem er einen von den Gästen um seinen Degen bat).

„Das mögen Sie alsdann halten, wie Sie wollen,“ antwortete der Sizilianer kalt, „wenn Sie nachher noch Lust dazu haben.“ Hier kehrte er sich zum Prinzen. „Gnädigster Herr,“ sagte er zu diesem, „Sie behaupten, daß Ihr Schlüssel in fremden Händen gewesen. – Können Sie vermuten, in welchen?“

„Nein.“

„Raten Sie auch auf niemand?“

„Ich hatte freilich einen Gedanken – –“

„Würden Sie die Person erkennen, wenn Sie sie vor sich sähen?“

„Ohne Zweifel.“

Hier schlug der Sizilianer seinen Mantel zurück und zog einen Spiegel hervor, den er dem Prinzen vor die Augen hielt.

„Ist es diese?“

Der Prinz trat mit Schrecken zurück.

„Was haben Sie gesehen?“ fragte ich.

„Den Armenier.“

Der Sizilianer verbarg seinen Spiegel wieder unter dem Mantel. „War es dieselbe Person, die Sie meinen?“ fragte die ganze Gesellschaft den Prinzen.

„Die nämliche.“

Hier veränderte sich jedes Gesicht, man hörte auf zu lachen. Alle Augen hingen neugierig an dem Sizilianer.

„Monsieur l'Abbé, das Ding wird ernsthaft,“ sagte der Engländer; „ich riet Ihnen, auf den Rückzug zu denken.“

„Der Kerl hat den Teufel im Leibe,“ schrie der Franzose und lief aus dem Hause, die Frauenzimmer stürzten mit Geschrei aus dem Saal, der Virtuose folgte ihnen, der deutsche Domherr schnarchte in einem Sessel, der Russe blieb wie bisher gleichgültig sitzen.

„Sie wollten vielleicht nur einen Großsprecher zum Gelächter machen,“ fing der Prinz wieder an, nachdem jene hinaus waren – „oder hätten Sie wohl Lust, uns Wort zu halten?“

„Es ist wahr,“ sagte der Sizilianer. „Mit dem Abbé war es mein Ernst nicht, ich tat ihm den Antrag nur, weil ich wohl wußte, daß die Memme mich nicht beim Wort nehmen würde. – Die Sache selbst ist übrigens zu ernsthaft, um bloß einen Scherz damit auszuführen.“

„Sie räumen also doch ein, daß sie in Ihrer Gewalt ist?“

Der Magier schwieg eine lange Zeit und schien den Prinzen sorgfältig mit den Augen zu prüfen.

„Ja,“ antwortete er endlich.

Die Neugierde des Prinzen war bereits auf den höchsten Grad gespannt. Mit der Geisterwelt in Verbindung zu stehen, war ehedem seine Lieblingsschwärmerei gewesen, und seit jener ersten Erscheinung des Armeniers hatten sich alle Ideen wieder bei ihm gemeldet, die seine reifere Vernunft so lange abgewiesen hatte. Er ging mit dem Sizilianer beiseite, und ich hörte ihn sehr angelegentlich mit ihm unterhandeln.

„Sie haben hier einen Mann vor sich," fuhr er fort, „der von Ungeduld brennt, in dieser wichtigen Materie es zu einer Überzeugung zu bringen. Ich würde denjenigen als meinen Wohltäter, als meinen ersten Freund umarmen, der hier meine Zweifel zerstreute und die Decke von meinen Augen zöge – Wollen Sie sich dieses große Verdienst um mich erwerben?"

„Was verlangen Sie von mir?" sagte der Magier mit Bedenken.

„Vor jetzt nur eine Probe Ihrer Kunst. Lassen Sie mich eine Erscheinung sehen."

„Wozu soll das führen?"

„Dann mögen Sie aus meiner nähern Bekanntschaft urteilen, ob ich eines höhern Unterrichts wert bin."

„Ich schätze Sie über alles, gnädigster Prinz. Eine geheime Gewalt in Ihrem Angesichte, die Sie selbst noch nicht kennen, hat mich beim ersten Anblick an Sie gebunden. Sie sind mächtiger, als Sie selbst wissen. Sie haben unumschränkt über meine ganze Gewalt zu gebieten – aber –"

„Also lassen Sie mich eine Erscheinung sehen."

„Aber ich muß erst gewiß sein, daß Sie diese Forderung nicht aus Neugierde an mich machen. Wenn gleich die unsichtbaren Kräfte mir einigermaßen zu Willen sind, so ist es unter der heiligen Bedingung, daß ich die heiligen Geheimnisse nicht profaniere, daß ich meine Gewalt nicht mißbrauche."

„Meine Absichten sind die reinsten. Ich will Wahrheit."

Hier verließen sie ihren Platz und traten zu einem entfernten Fenster, wo ich sie nicht weiter hören konnte. Der Engländer, der diese Unterredung gleichfalls mit angehört hatte, zog mich auf die Seite.

„Ihr Prinz ist ein edler Mann. Ich beklage, daß er sich mit einem Betrüger einläßt."

„Es wird darauf ankommen," sagte ich, „wie er sich aus dem Handel zieht."

„Wissen Sie was?" sagte der Engländer, „jetzt macht der arme Teufel sich kostbar. Er wird seine Kunst nicht auskramen, bis er Geld klingen hört. Es sind unser neune. Wir wollen eine Kollekte machen und ihn durch einen hohen Preis in Versuchung führen. Das bricht ihm den Hals und öffnet Ihrem Prinzen die Augen."

„Ich bin's zufrieden."

Der Engländer warf sechs Guineen auf einen Teller und sammelte in der Reihe herum. Jeder gab einige Louis; den Russen besonders schien unser Vorschlag ungemein zu interessieren, er legte eine Banknote von hundert Zechinen auf den Teller – eine Verschwendung, über welche der Engländer erstaunte. Wir brachten die Kollekte dem Prinzen. „Haben Sie die Güte," sagte der Engländer, „bei diesem Herrn für uns fürzusprechen, daß er uns eine Probe seiner Kunst sehen lasse und diesen kleinen Beweis unsrer Erkenntlichkeit annehme." Der Prinz legte noch einen kostbaren Ring auf den Teller und reichte ihn dem Sizilianer. Dieser bedachte sich einige Sekunden. – „Meine Herren und Gönner," fing er darauf an, „diese Großmut beschämt mich. – Es scheint, daß Sie mich verkennen – aber ich gebe Ihrem Verlangen nach. Ihr Wunsch soll erfüllt werden" (indem er eine Glocke zog). „Was dieses Gold betrifft, worauf ich selber kein Recht habe, so werden Sie mir erlauben, daß ich es in dem nächsten Benediktinerkloster für milde Stiftungen niederlege. Diesen Ring behalte ich als ein schätzbares Denkmal, das mich an den würdigsten Prinzen erinnern soll."

Hier kam der Wirt, dem er das Geld sogleich überlieferte.

„Und er ist dennoch ein Schurke," sagte mir der Engländer ins Ohr. „Das Geld schlägt er aus, weil ihm jetzt mehr an dem Prinzen gelegen ist."

„Oder der Wirt versteht seinen Auftrag," sagte ein anderer.

„Wen verlangen Sie?" fragte jetzt der Magier den Prinzen.

Der Prinz besann sich einen Augenblick. – „Lieber gleich einen großen Mann," rief der Lord. „Fordern Sie den Papst Ganganelli. Dem Herrn wird das gleich wenig kosten."

Der Sizilianer biß sich in die Lippen – „Ich darf keinen zitieren, der die Weihung empfangen hat."

„Das ist schlimm," sagte der Engländer. „Vielleicht hätten wir von ihm erfahren, an welcher Krankheit er gestorben ist."

„Der Marquis von Lanoy," nahm der Prinz jetzt das Wort, "war französischer Brigadier im vorigen Kriege und mein vertrautester Freund. In der Battaille bei Hastinbeck empfing er eine tödliche Wunde, man trug ihn nach meinem Zelte, wo er bald darauf in meinen Armen starb. Als er schon mit dem Tode rang, winkte er mich noch zu sich. „Prinz," fing er an, „ich werde mein Vaterland nicht wiedersehen, erfahren Sie also ein Geheimnis, wozu niemand als ich den Schlüssel hat. In einem Kloster auf der flandrischen Grenze lebt eine –" – hier verschied er. Die Hand des Todes zertrennte den Faden seiner Rede; ich möchte ihn hier haben und die Fortsetzung hören."

„Viel gefordert, bei Gott!" rief der Engländer. „Ich erkläre Sie für einen zweiten Salomo, wenn Sie diese Aufgabe lösen." –

Wir bewunderten die sinnreiche Wahl des Prinzen und gaben ihr einstimmig unsern Beifall. Unterdessen ging der Magier mit starken Schritten auf und nieder und schien unentschlossen mit sich selbst zu kämpfen.

„Und das war alles, was der Sterbende Ihnen zu hinterlassen hatte?"

„Alles."

„Taten Sie keine weiteren Nachfragen deswegen in seinem Vaterlande?"

„Sie waren alle vergebens."

„Der Marquis von Lanoy hatte untadelhaft gelebt? – Ich darf nicht jeden Toten rufen."

„Er starb mit Reue über die Ausschweifungen seiner Jugend."

„Tragen Sie irgend etwa ein Andenken von ihm bei sich?"

„Ja." (Der Prinz führte wirklich eine Tabatiere bei sich, worauf das Miniaturbild des Marquis in Emaille war, und die er bei der Tafel neben sich hatte liegen gehabt.)

„Ich verlange es nicht zu wissen – – Lassen Sie mich allein. Sie sollen den Verstorbenen sehen."

Wir wurden gebeten, uns solange in den andern Pavillon zu begeben, bis er uns rufen würde. Zugleich ließ er alle Meublen aus dem Saale räumen, die Fenster ausheben und die Läden auf das genaueste verschließen. Dem Wirt, mit dem er schon vertraut zu sein schien, befahl er, ein Gefäß mit glühenden Kohlen zu bringen und alle Feuer im Hause sorgfältig mit Wasser zu löschen. Ehe wir weggingen, nahm er von jedem insbesondere das Ehrenwort, ein ewiges Stillschweigen über das zu beobachten, was wir sehen und hören würden. Hinter uns wurden alle Zimmer auf diesem Pavillon verriegelt.

Es war nach eilf Uhr, und eine tiefe Stille herrschte im ganzen Hause. Beim Hinausgehen fragte mich der Russe, ob wir geladene Pistolen bei uns hätten? – „Wozu?" sagte ich. – „Es ist auf alle Fälle," versetzte er. „Warten Sie einen Augenblick, ich will mich danach umsehen." Er entfernte sich. Der Baron von F** und ich öffneten ein Fenster, das jenem Pavillon gegenüber sah, und es kam uns vor, als hörten wir zwei Menschen zusammen flüstern und ein Geräusch, als ob man eine Leiter anlegte. Doch war das nur eine Mutmaßung, und ich getraue mir nicht, sie für wahr auszugeben. Der Russe kam mit einem Paar Pistolen zurück, nachdem er eine halbe Stunde ausgeblieben war. Wir sahen sie ihn scharf laden. Es war beinahe zwei Uhr, als der Magier wieder erschien und uns ankündigte, daß es Zeit wäre. Ehe wir hineintraten, ward uns befohlen, die Schuhe auszuziehen und im bloßen Hemde, Strümpfen und Unterkleidern zu erscheinen. Hinter uns wurde, wie das erste Mal, verriegelt.

Wir fanden, als wir in den Saal zurückkamen, mit einer Kohle einen weiten Kreis beschrieben, der uns alle zehn bequem fassen konnte. Rings herum an allen vier Wänden des Zimmers waren die Dielen weggehoben, daß wir gleichsam auf einer Insel standen. Ein Altar, mit schwarzem Tuch behangen, stand mitten im Kreis errichtet, unter welchen ein Teppich von rotem Atlas gebreitet war. Eine chaldäische Bibel lag bei einem Totenkopf aufgeschlagen auf dem Altar, und ein silbernes Kruzifix war darauf festgemacht. Statt der Kerzen brannte Spiritus in einer silbernen Kapsel. Ein dicker Rauch von Olibanum verfinsterte den Saal, davon das Licht beinahe erstickte. Der Beschwörer war entkleidet wie wir, aber barfuß; um den bloßen Hals trug er ein Amulett an einer Kette von Menschenhaaren, um die Lenden hatte er eine weiße Schürze geschlagen, die mit geheimen Chiffern und symbolischen Figuren bezeichnet war. Er hieß uns einander die Hände reichen und eine tiefe Stille beobachten; vorzüglich empfahl er uns, ja keine Frage an die Erscheinung zu tun. Den Engländer und mich (gegen uns beide schien er das meiste Mißtrauen zu hegen) ersuchte er, zwei bloße Degen unverrückt und kreuzweise, einen Zoll hoch, über seinem Scheitel zu halten, solange die Handlung dauern würde. Wir standen in einem halben Mond um ihn herum, der russische Offizier drängte sich dicht an den Engländer und stand zunächst an dem Altar. Das Gesicht gegen Morgen gerichtet, stellte sich der Magier jetzt auf den Teppich, sprengte Weihwasser nach allen vier Weltgegenden und neigte sich dreimal gegen die Bibel. Eine halbe Viertelstunde dauerte die Beschwörung, von welcher wir nichts verstanden; nach Endigung derselben gab er denen, die zunächst hinter ihm standen, ein Zeichen, daß sie ihn jetzt fest bei den Haaren fassen sollten. Unter den heftigsten Zuckungen rief er den Verstorbenen dreimal mit Namen, und das dritte Mal streckte er nach dem Kruzifixe die Hand aus – –

Auf einmal empfanden wir alle zugleich einen Streich wie vom Blitze, daß unsere Hände auseinanderflogen; ein plötzlicher Donnerschlag erschütterte das Haus, alle Schlösser klangen, alle Türen schlugen zusammen, der Deckel an der Kapsel fiel zu, das Licht löschte aus, und an der entgegenstehenden Wand über dem Kamine zeigte sich eine menschliche Figur, in blutigem Hemde, bleich und mit dem Gesicht eines Sterbenden.

„Wer ruft mich?“ sagte eine hohle, kaum hörbare Stimme.

„Dein Freund,“ antwortete der Beschwörer, „der dein Andenken ehret und für deine Seele betet,“ zugleich nannte er den Namen des Prinzen.

Die Antworten erfolgten immer nach einem sehr großen Zwischenraum.

„Was verlangt er?“ fuhr die Stimme fort.

„Dein Bekenntnis will er zu Ende hören, das du in dieser Welt angefangen und nicht beschlossen hast.“

„In einem Kloster auf der flandrischen Grenze lebt – – –“

Hier erzitterte das Haus von neuem. Die Türe sprang freiwillig unter einem heftigen Donnerschlag auf, ein Blitz erleuchtete das Zimmer, und eine andere *körperliche* Gestalt, blutig und blaß wie die erste, aber schrecklicher, erschien an der Schwelle. Der Spiritus fing von selbst an zu brennen, und der Saal wurde helle wie zuvor.

„Wer ist unter uns?“ rief der Magier erschrocken und warf einen Blick des Entsetzens durch die Versammlung – „Dich habe ich nicht gewollt.“

Die Gestalt ging mit majestätischem leisem Schritt gerade auf den Altar zu, stellte sich auf den Teppich, uns gegenüber, und faßte das Kruzifix. Die erste Figur sahen wir nicht mehr.

„Wer ruft mich?" sagte diese zweite Erscheinung. Der Magier fing an, heftig zu zittern. Schrecken und Erstaunen hatten uns gefesselt. Ich griff nach einer Pistole, der Magier riß sie mir aus der Hand und drückte sie auf die Gestalt ab. Die Kugel rollte langsam auf dem Altar, und die Gestalt trat unverändert aus dem Rauche. Jetzt sank der Magier ohnmächtig nieder.

„Was wird das?“ rief der Engländer voll Erstaunen und wollte einen Streich mit dem Degen nach ihr tun. Die Gestalt berührte seinen Arm, und die Klinge fiel zu Boden. Hier trat der Angstschweiß auf meine Stirn. Baron F** gestand nachher, daß er gebetet habe. Diese ganze Zeit über stand der Prinz furchtlos und ruhig, die Augen starr auf die Erscheinung gerichtet.

„Ja! Ich erkenne dich,“ rief er endlich voll Rührung aus, „du bist Lanoy, du bist mein Freund – – Woher kommst du?“

„Die Ewigkeit ist stumm. Frage mich aus dem vergangenen Leben.“

„Wer lebt in dem Kloster, das du mir bezeichnet hast?“

„Meine Tochter.“

„Wie? Du bist Vater gewesen?“

„Weh mir, daß ich es zu wenig war!“

„Bist du nicht glücklich, Lanoy?“

„Gott hat gerichtet.“

„Kann ich dir auf dieser Welt noch einen Dienst erzeigen?“

„Keinen, als an dich selbst zu denken.“

„Wie muß ich das?“

„In Rom wirst du es erfahren.“

Hier erfolgte ein neuer Donnerschlag – eine schwarze Rauchwolke erfüllte das Zimmer; als sie zerflossen war, fanden wir keine Gestalt mehr. Ich stieß einen Fensterladen auf. Es war Morgen.

Jetzt kam auch der Magier aus seiner Betäubung zurück. „Wo sind wir?“ rief er aus, als er Tageslicht erblickte. Der russische Offizier stand dicht hinter ihm und sah ihm über die Schulter. *“Taschenspieler,"* sagte er mit schrecklichem Blick zu ihm, *“du wirst keinen Geist mehr rufen."*

Der Sizilianer drehte sich um, sah ihm genauer ins Gesicht, tat einen lauten Schrei und stürzte zu seinen Füßen.

Jetzt sahen wir alle auf einmal den vermeintlichen Russen an. Der Prinz erkannte in ihm ohne Mühe die Züge seines Armeniers wieder, und das Wort, das er eben hervorstottern wollte, erstarb auf seinem Munde. Schrecken und Überraschung hatten uns alle wie versteinert. Lautlos und unbeweglich starrten wir dieses geheimnisvolle Wesen an, das uns mit einem Blicke stiller Gewalt und Größe durchschaute. Eine Minute dauerte dies Schweigen – und wieder eine. Kein Odem war in der ganzen Versammlung.

Einige kräftige Schläge an die Tür brachten uns endlich wieder zu uns selbst. Die Tür fiel zertrümmert in den Saal, und herein drangen Gerichtsdiener mit Wache. „Hier finden wir sie ja beisammen!" rief der Anführer und wandte sich zu seinen Begleitern. „Im Namen der Regierung!" rief er uns zu. „Ich verhafte euch." Wir hatten nicht so viel Zeit, uns zu besinnen; in wenig Augenblicken waren wir umringt. Der russische Offizier, den ich jetzt wieder den Armenier nenne, zog den Anführer der Häscher auf die Seite, und so viel mir diese Verwirrung zuließ, bemerkte ich, daß er ihm einige Worte heimlich ins Ohr sagte und etwas Schriftliches vorzeigte. Sogleich verließ ihn der Häscher mit einer stummen und ehrerbietigen Verbeugung, wandte sich darauf zu uns und nahm seinen Hut ab. „Vergeben Sie, meine Herren," sagte er, "daß ich Sie mit diesem Betrüger vermengen konnte. Ich will nicht fragen, wer Sie sind – aber dieser Herr versichert mir, daß ich Männer von Ehre vor mir habe." Zugleich winkte er seinen Begleitern, von uns abzulassen. Den Sizilianer befahl er wohl zu bewachen und zu binden. "Der Bursche da ist überreif," setzte er hinzu. „Wir haben schon sieben Monate auf ihn gelauert."

Dieser elende Mensch war wirklich ein Gegenstand des Jammers. Das doppelte Schrecken der zweiten Geistererscheinung und dieses unerwarteten Überfalls hatte seine Besinnungskraft überwältigt. Er ließ sich binden wie ein Kind; die Augen lagen weit aufgesperrt und stier in einem totenähnlichen Gesichte, und seine Lippen bebten in stillen Zuckungen, ohne einen Laut auszustoßen. Jeden Augenblick erwarteten wir einen Ausbruch von Konvulsionen. Der Prinz fühlte Mitleid mit seinem Zustand und unternahm es, seine Loslassung bei dem Gerichtsdiener auszuwirken, dem er sich zu erkennen gab.

„Gnädigster Herr," sagte dieser, „wissen Sie auch, wer der Mensch ist, für welchen Sie sich so großmütig verwenden? Der Betrug, den er Ihnen zu spielen gedachte, ist sein geringstes Verbrechen. Wir haben seine Helfershelfer. Sie sagen abscheuliche Dinge von ihm aus. Er mag sich noch glücklich preisen, wenn er mit der Galeere davonkommt."

Unterdessen sahen wir auch den Wirt nebst seinen Hausgenossen mit Stricken gebunden über den Hof führen. – „Auch dieser?" rief der Prinz. „Was hat denn dieser verschuldet?" – „Er war sein Mitschuldiger und Hehler," antwortete der Anführer der Häscher, "der ihm zu seinen Taschenspielerstückchen und Diebereien behülflich gewesen und seinen Raub mit ihm geteilt hat. Gleich sollen Sie überzeugt sein, gnädigster Herr" (indem er sich zu seinen Begleitern kehrte). "Man durchsuche das ganze Haus und bringe mir sogleich Nachricht, was man gefunden hat."

Jetzt sahe sich der Prinz nach dem Armenier um – aber er war nicht mehr vorhanden; in der allgemeinen Verwirrung, welche dieser Überfall anrichtete, hatte er Mittel gefunden, sich unbemerkt zu entfernen. Der Prinz war untröstlich; gleich wollte er ihm alle seine Leute nachschicken; er selbst wollte ihn aufsuchen und mich mit sich fortreißen. Ich eilte ans Fenster; das ganze Haus war von Neugierigen umringt, die das Gerücht dieser Begebenheit hergeführt hatte. Unmöglich war es, durch das Gedränge zu kommen. Ich stellte dem Prinzen dieses vor: „Wenn es diesem Armenier ein Ernst ist, sich vor uns zu verbergen, so weiß er unfehlbar die Schliche besser als wir, und alle unsere Nachforschungen werden vergebens sein. Lieber lassen Sie uns noch hierbleiben, gnädigster Prinz. Vielleicht kann uns dieser Gerichtsdiener etwas Näheres von ihm sagen, dem er sich, wenn ich anders recht gesehen habe, entdeckt hat."

Jetzt erinnerten wir uns, daß wir noch ausgekleidet waren. Wir eilten nach unserm Zimmer, uns in der Geschwindigkeit in unsre Kleider zu werfen. Als wir zurückkamen, war die Haussuchung geschehen.

Nachdem man den Altar weggeräumt und die Dielen des Saals aufgebrochen, entdeckte man ein geräumiges Gewölbe, worin ein Mensch gemächlich aufrecht sitzen konnte, mit einer Türe versehen, die durch eine schmale Treppe nach dem Keller führte. In diesem Gewölbe fand man eine Elektrisiermaschine, eine Uhr und eine kleine silberne Glocke, welche letztere, so wie die Elektrisiermaschine, mit dem Altar und dem darauf befestigten Kruzifixe Kommunikation hatte. Ein Fensterladen, der dem Kamine gerade gegenüber stand, war durchbrochen und mit einem Schieber versehen, um, wie wir nachher erfuhren, eine magische Laterne in seine Öffnung einzupassen, aus welcher die verlangte Gestalt auf die Wand über dem Kamin gefallen war. Vom Dachboden und aus dem Keller brachte man verschiedne Trommeln, woran große bleierne Kugeln an Schnüren befestigt hingen, wahrscheinlich um das Geräusche des Donners hervorzubringen, das wir gehört hatten. Als man die Kleider des Sizilianers durchsuchte, fand man in einem Etui verschiedene Pulver, wie auch lebendigen Merkur in Phiolen und Büchsen, Phosphorus in einer gläsernen Flasche, einen Ring, den wir gleich für einen magnetischen erkannten, weil er an einem stählernen Knopfe hängen blieb, dem er von ungefähr nahegebracht worden, in den Rocktaschen ein Paternoster, einen Judenbart, Terzerole und einen Dolch. "Laß doch sehen, ob sie geladen sind!“ sagte einer von den Häschern, indem er eines von den Terzerolen nahm und ins Kamin abschoß. „Jesus Maria!“ rief eine hohle menschliche Stimme, eben die, welche wir von der ersten Erscheinung gehört hatten – und in dem selben Augenblick sahen wir einen blutenden Körper aus dem Schlot herunterstürzen. – „Noch nicht zur Ruhe, armer Geist?“ rief der Engländer, während daß wir andern mit Schrecken zurückfuhren. „Gehe heim zu deinem Grabe. Du hast geschienen, was du nicht warst; jetzt wirst du sein, was du schienest.“

„Jesus Maria! Ich bin verwundet,“ wiederholte der Mensch im Kamine. Die Kugel hatte ihm das rechte Bein zerschmettert. Sogleich besorgte man, daß die Wunde verbunden wurde.

„Aber wer bist du denn, und was für ein böser Dämon muß dich hieher führen?“

„Ein armer Barfüßer,“ antwortete der Verwundete. "Ein fremder Herr hier hat mir eine Zechine geboten, daß ich –“

„Eine Formel hersagen sollte? Und warum hast du dich denn nicht gleich wieder davon gemacht?“

„Er wollte mir ein Zeichen geben, wenn ich fortfahren sollte; aber das Zeichen blieb aus, und wie ich hinaussteigen wollte, war die Leiter weggezogen.“

„Und wie heißt denn die Formel, die er dir eingelernt hat?“

Der Mensch bekam hier eine Ohnmacht, daß nichts weiter aus ihm herauszubringen war. Als wir ihn näher betrachteten, erkannten wir ihn für denselben, der sich dem Prinzen den Abend vorher in den Weg gestellt und ihn so feierlich angeredet hatte.

Unterdessen hatte sich der Prinz zu dem Anführer der Häscher gewendet.

„Sie haben uns,“ sagte er, indem er ihm zugleich einige Goldstücke in die Hand drückte, „Sie haben uns aus den Händen eines Betrügers gerettet und uns, ohne uns noch zu kennen, Gerechtigkeit widerfahren lassen. Wollen Sie nun unsere Verbindlichkeit vollkommen machen und uns entdecken, wer der Unbekannte war, dem es nur ein paar Worte kostete, uns in Freiheit zu setzen?“

„Wen meinen Sie?“ fragte der Anführer der Häscher mit einer Miene, die deutlich zeigte, wie unnötig diese Frage war.

„Den Herrn in russischer Uniform meine ich, der Sie vorhin beiseite zog, Ihnen etwas Schriftliches vorwies und einige Worte ins Ohr sagte, worauf Sie uns sogleich wieder losgaben.“

„Sie kennen diesen Herrn also nicht?“ fragte der Häscher wieder. „Er war nicht von Ihrer Gesellschaft?“

„Nein,“ sagte der Prinz – „und aus sehr wichtigen Ursachen wünschte ich, näher mit ihm bekannt zu werden.“

„Näher," antwortete der Häscher, „kenn' ich ihn auch nicht. Sein Name selbst ist mir unbekannt, und heute hab' ich ihn zum ersten Mal in meinem Leben gesehen."

„Wie? und in so kurzer Zeit, durch ein paar Worte konnte er so viel über Sie vermögen, daß Sie ihn selbst und uns alle für unschuldig erklärten?"

„Allerdings durch ein einziges Wort."

„Und dieses war? – Ich gestehe, daß ich es wissen möchte."

„Dieser Unbekannte, gnädigster Herr" – indem er die Zechinen in seiner Hand wog – „Sie sind zu großmütig gegen mich gewesen, um Ihnen länger ein Geheimnis daraus zu machen – dieser Unbekannte war – ein Offizier der Staatsinquisition."

„Der Staatsinqusition! – Dieser! –"

„Nicht anders, gnädigster Herr – und davon überzeugte mich das Papier, welches er mir vorzeigte."

„Dieser Mensch, sagten Sie? Es ist nicht möglich."

„Ich will ihnen noch mehr sagen, gnädigster Herr. Eben dieser war es, auf dessen Denunziation ich hieher geschickt worden bin, den Geisterbeschwörer zu verhaften."

Wir sahen uns mit noch größerm Erstaunen an.

„Da hätten wir es ja heraus," rief endlich der Engländer, „warum der arme Teufel von Beschwörer so erschrocken zusammenfuhr, als er ihm näher ins Gesicht sah. Er erkannte ihn für einen Spion, und darum tat er jenen Schrei und stürzte zu seinen Füßen."

„Nimmermehr," rief der Prinz. „Dieser Mensch ist alles, was er sein will, und alles, was der Augenblick will, daß er sein soll. Was er wirklich ist, hat noch kein Sterblicher erfahren. Sahen Sie den Sizilianer zusammensinken, als er ihm die Worte ins Ohr schrie: ‚*Du wirst keinen Geist mehr rufen!*' Dahinter ist mehr. Daß man vor etwas Menschlichem so zu erschrecken pflegt, soll mich niemand überreden."

„Darüber wird uns der Magier selbst wohl am besten zurechtweisen können," sagte der Lord, „wenn uns dieser Herr" (sich zu dem Anführer der Gerichtsdiener wendend) „Gelegenheit verschaffen will, seinen Gefangenen zu sprechen."

Der Anführer der Häscher versprach es uns, und wir redeten mit dem Engländer ab, daß wir ihn gleich den andern Morgen aufsuchen wollten. Jetzt begaben wir uns nach Venedig zurück.

Mit dem frühesten Morgen war Lord Seymour da (dies war der Name des Engländers), und bald nachher erschien eine vertraute Person, die der Gerichtsdiener abgeschickt hatte, uns nach dem Gefängnis zu führen. Ich habe vergessen zu erzählen, daß der Prinz schon seit etlichen Tagen einen seiner Jäger vermißte, einen Bremer von Geburt, der ihm viele Jahre redlich gedient und sein ganzes Vertrauen besessen hatte. Ob er verunglückt oder gestohlen oder auch entlaufen war, wußte niemand. Zu dem letzteren war gar kein wahrscheinlicher Grund vorhanden, weil er jederzeit ein stiller und ordentlicher Mensch gewesen und nie ein Tadel an ihm gefunden war. Alles, worauf seine Kameraden sich besinnen konnten, war, daß er in der letzten Zeit sehr schwermütig gewesen und, wo er nur einen Augenblick erhaschen konnte, ein gewisses Minoritenkloster in der Giudecca besucht habe, wo er auch mit einigen Brüdern öfters Umgang gepflegt. Dies brachte uns auf die Vermutung, daß er vielleicht in die Hände der Mönche geraten sein möchte und sich katholisch gemacht hätte; und weil der Prinz über diesen Artikel damals noch sehr gleichgültig dachte, so ließ er's nach einigen fruchtlosen Nachforschungen dabei bewenden. Doch schmerzte ihn der Verlust dieses Menschen, der ihm auf seinen Feldzügen immer zur Seite gewesen, immer treu an ihm gehangen und in einem fremden Lande so leicht nicht wieder zu ersetzten war. Heute nun, als wir eben im Begriff standen auszugehen, ließ sich der Bankier des Prinzen melden, an den der Auftrag ergangen war, für einen neuen Bedienten zu sorgen. Dieser stellte dem Prinzen einen gutgebildeten und wohlgekleideten Menschen in mittleren Jahren vor, der lange Zeit in Diensten eines Prokurators als Sekretär gestanden, Französisch und auch etwas Deutsch sprach, übrigens mit den besten Zeugnissen versehen war. Seine Physiognomie gefiel, und da er sich übrigens erklärte, daß sein Gehalt von der Zufriedenheit des Prinzen mit seinen Diensten abhängen sollte, so ließ er ihn ohne Verzug eintreten.

Wir fanden den Sizilianer in einem Privatgefängnis, wohin er, dem Prinzen zu Gefallen, wie der Gerichtsdiener sagte, einstweilen gebracht worden war, ehe er unter die Bleidächer gesetzt wurde, zu denen kein Zugang mehr offen steht. Die Bleidächer sind das fürchterlichste Gefängnis in Venedig, unter dem Dach des St. Markuspalastes, worin die unglücklichen Verbrecher von der dörrenden Sonnenhitze, die sich auf der Bleifläche sammelt, oft bis zum Wahnwitze leiden. Der Sizilianer hatte sich von dem gestrigen Zufalle wieder erholt und stand ehrerbietig auf, als er den Prinzen ansichtig wurde. Ein Bein und eine Hand waren gefesselt, sonst aber konnte er frei durch das Zimmer gehen. Bei unserm Eintritt entfernte sich die Wache vor die Türe.

„Ich komme," sagte der Prinz, nachdem wir Platz genommen hatten, „über zwei Punkte Erklärung von Ihnen zu verlangen. Die eine sind Sie mir schuldig, und es wird Ihr Schade nicht sein, wenn Sie mich über den andern befriedigen."

„Meine Rolle ist ausgespielt," versetzte der Sizilianer. "Mein Schicksal steht in Ihren Händen."

„Ihre Aufrichtigkeit allein," versetzte der Prinz, „kann es erleichtern."

„Fragen Sie, gnädigster Herr. Ich bin bereit zu antworten, denn ich habe nichts mehr zu verlieren."

„Sie haben mich das Gesicht des Armeniers in Ihrem Spiegel sehen lassen. Wodurch bewirkten Sie dieses?"

„Es war kein Spiegel, was Sie gesehen haben. Ein bloßes Pastellgemälde hinter einem Glas, das einen Mann in armenischer Kleidung vorstellte, hat Sie getäuscht. Meine Geschwindigkeit, die Dämmerung, Ihr Erstaunen unterstützten diesen Betrug. Das Bild wird sich unter den übrigen Sachen finden, die man in dem Gasthof in Beschlag genommen hat."

„Aber wie konnten Sie meine Gedanken so gut wissen und gerade auf den Armenier raten?“

„Dieses war gar nicht schwer, gnädigster Herr. Ohne Zweifel haben Sie sich bei Tische in Gegenwart Ihrer Bedienten über die Begebenheit öfters herausgelassen, die sich zwischen Ihnen und diesem Armenier ereignet hat. Einer von meinen Leuten machte mit einem Jäger, der in Ihren Diensten steht, zufälligerweise in der Giudecca Bekanntschaft, aus welchem er nach und nach so viel zu ziehen wußte, als mir zu wissen nötig war.“

„Wo ist dieser Jäger?“ fragte der Prinz. „Ich vermisse ihn, und ganz gewiß wissen Sie um seine Entweichung.“

„Ich schwöre Ihnen, daß ich nicht das geringste davon weiß, gnädigster Herr. Ich selbst hab' ihn nie gesehen und nie eine andre Absicht mit ihm gehabt als die eben gemeldete.“

„Fahren Sie fort,“ sagte der Prinz.

„Auf diesem Wege nun erhielt ich überhaupt auch die erste Nachricht von Ihrem Aufenthalt und Ihren Begebenheiten in Venedig, und sogleich entschloß ich mich, sie zu nützen. Sie sehen, gnädigster Herr, daß ich aufrichtig bin. Ich wußte von Ihrer vorhabenden Spazierfahrt auf der Brenta; ich hatte mich darauf versehen, und ein Schlüssel, der Ihnen von ungefähr entfiel, gab mir die erste Gelegenheit, meine Kunst an Ihnen zu versuchen.“

„Wie? So hätte ich mich also geirret? Das Stückchen mit dem Schlüssel war Ihr Werk, und nicht des Armeniers? Der Schlüssel, sagen Sie, wäre mir entfallen?“

„Als Sie die Börse zogen – und ich nahm den Augenblick wahr, da mich niemand beobachtete, ihn schnell mit dem Fuße zu verdecken. Die Person, bei der Sie die Lotterielose nahmen, war im Verständnis mit mir. Sie ließ Sie aus einem Gefäße ziehen, wo keine Niete zu holen war, und der Schlüssel lag längst in der Dose, eh' sie von Ihnen gewonnen wurde.“

„Nunmehr begreif' ich's. Und der Barfüßermönch, der sich mir in den Weg warf und mich so feierlich anredete?“

„War der nämliche, den man, wie ich höre, verwundet aus dem Kamine gezogen. Er ist einer von meinen Kameraden, der mir unter dieser Verhüllung schon manche guten Dienste geleistet.“

„Aber zu welchem Ende stellten Sie dieses an?“

„Um Sie nachdenkend zu machen – um einen Gemütszustand in Ihnen vorzubereiten, der Sie für das Wunderbare, das ich mit Ihnen im Sinne hatte, empfänglich machen sollte.“

„Aber der pantomimische Tanz, der eine so überraschende seltsame Wendung nahm – dieser war doch wenigstens nicht von Ihrer Erfindung?“

„Das Mädchen, welches die Königin vorstellte, war von mir unterrichtet und ihre ganze Rolle mein Werk. Ich vermutete, daß es Eure Durchlaucht nicht wenig befremden würde, an diesem Orte gekannt zu sein, und, verzeihen Sie mir, gnädigster Herr, das Abenteuer mit dem Armenier ließ mich hoffen, daß Sie bereits schon geneigt sein würden, natürliche Auslegungen zu verschmähen und nach höheren Quellen des Außerordentlichen zu spüren.“

„In der Tat,“ rief der Prinz mit einer Miene zugleich des Verdrusses und der Verwunderung, indem er mir besonders einen bedeutenden Blick gab, „in der Tat,“ rief er aus, „das habe ich nicht erwartet.“

„Aber,“ fuhr er nach einem langen Stillschweigen wieder fort, „wie brachten Sie die Gestalt hervor, die an der Wand über dem Kamin erschien?“

„Durch die Zauberlaterne, welche an dem gegenüberstehenden Fensterladen angebracht war, wo Sie auch die Öffnung dazu bemerkt haben werden.“

„Aber wie kam es denn, daß kein einziger unter uns sie gewahr wurde?“ fragte Lord Seymour.

„Sie erinnern sich, gnädiger Herr, daß ein dicker Rauch den ganzen Saal verfinsterte, als Sie zurückgekommen waren. Zugleich hatte ich die Vorsicht gebraucht, die Dielen, welche man weggehoben, neben demjenigen Fenster anlehnen zu lassen, wo die Laterna magica eingefügt war; dadurch verhinderte ich, daß Ihnen dieser Fensterladen nicht sogleich ins Gesicht fiel. Übrigens blieb die Laterne auch so lange durch einen Schieber verdeckt, bis Sie alle Ihre Plätze genommen hatten und keine Untersuchung im Zimmer mehr von Ihnen zu fürchten war."

„Mir kam es vor," fiel ich ein, „als hörte ich in der Nähe des Saals eine Leiter anlegen, als ich in dem andern Pavillon aus dem Fenster sah. War dem wirklich so?"

„Ganz recht. Eben diese Leiter, auf welcher mein Gehülfe zu dem bewußten Fenster emporkletterte, um die Zauberlaterne zu dirigieren."

„Die Gestalt," fuhr der Prinz fort, „schien wirklich eine flüchtige Ähnlichkeit mit meinem verstorbenen Freunde zu haben; besonders traf es ein, daß sie sehr blond war. War dieses bloßer Zufall, oder woher schöpften Sie dieselbe?"

„Eure Durchlaucht erinnern sich, daß Sie über Tische eine Dose neben sich hatten liegen gehabt, auf welcher das Porträt eines Offiziers in **scher Uniform in Emaille war. Ich fragte Sie, ob Sie von Ihrem Freunde nicht irgendein Andenken bei sich führten? worauf Sie mit Ja antworteten; daraus schloß ich, daß es vielleicht die Dose sein möchte. Ich hatte das Bild über Tische gut ins Auge gefaßt, und weil ich im Zeichnen sehr geübt, auch im Treffen sehr glücklich bin, so war es mir ein leichtes, dem Bilde diese flüchtige Ähnlichkeit zu geben, die Sie wahrgenommen haben; und um so mehr, da die Gesichtszüge des Marquis sehr ins Auge fallen."

„Aber die Gestalt schien sich doch zu bewegen. –"

„So schien es – aber es war nicht die Gestalt, sondern der Rauch, der von ihrem Scheine beleuchtet war."

„Und der Mensch, welcher aus dem Schlot herabstürzte, antwortete also für die Erscheinung?“

„Eben dieser.“

„Aber er konnte ja die Fragen nicht wohl hören.“

„Dieses brauchte er auch nicht. Sie besinnen sich, gnädigster Prinz, daß ich Ihnen allen aufs strengste verbot, selbst eine Frage an das Gespenst zu richten. Was ich ihn fragen würde und er mir antworten sollte, war abgeredet; und damit ja kein Versehen vorfiele, ließ ich ihn große Pausen beobachten, die er an den Schlägen einer Uhr abzählen mußte.“

„Sie gaben dem Wirte Befehl, alle Feuer im Hause sorgfältig mit Wasser löschen zu lassen; dies geschah ohne Zweifel –“

„Um meinem Mann im Kamine außer Gefahr des Erstickens zu setzen, weil die Schornsteine im Hause ineinander laufen und ich vor Ihrer Suite nicht ganz sicher zu sein glaubte.“

„Wie kam es aber,“ fragte Lord Seymour, „daß Ihr Geist weder früher noch später da war, als Sie ihn brauchten?“

„Mein Geist war schon eine gute Weile im Zimmer, ehe ich ihn zitierte; aber solange der Spiritus brannte, konnte man diesen matten Schein nicht sehen. Als meine Beschwörungsformel geendiget war, ließ ich das Gefäß, worin der Spiritus flammte, zusammenfallen, es wurde Nacht im Saal, und jetzt erst wurde man die Figur an der Wand gewahr, die sich schon längst darauf reflektiert hatte.“

„Aber in eben dem Moment, als der Geist erschien, empfanden wir alle einen elektrischen Schlag. Wie bewirkten Sie diesen?“

„Die Maschine unter dem Altar haben Sie entdeckt. Sie sahen auch, daß ich auf einem seidnen Fußteppich stand. Ich ließ Sie in einem halben Mond um mich herumstehen und einander die Hände reichen; als es nahe dabei war, winkte ich einem von Ihnen, mich bei den Haaren zu fassen. Das Kruzifix war der Konduktor, und Sie empfingen den Schlag, als ich es mit der Hand berührte.“

„Sie befahlen uns, dem Grafen von O** und mir," sagte Lord Seymour, „zwei bloße Degen kreuzweise über Ihrem Scheitel zu halten, solange die Beschwörung dauern würde. Wozu nun dieses?"

„Zu nichts weiter, als um Sie beide, denen ich am wenigsten traute, während des ganzen Aktus zu beschäftigen. Sie erinnern sich, daß ich Ihnen ausdrücklich einen Zoll hoch bestimmte; dadurch, daß Sie diese Entfernung immer in acht nehmen mußten, waren Sie verhindert, Ihre Blicke dahin zu richten, wo ich sie nicht gerne haben wollte. Meinen schlimmsten Feind hatte ich damals noch gar nicht ins Auge gefaßt."

„Ich gestehe," rief Lord Seymour, „daß dies vorsichtig gehandelt heißt – aber warum mußten wir ausgekleidet sein?"

„Bloß um der Handlung eine Feierlichkeit mehr zu geben und durch das Ungewöhnliche Ihre Einbildungskraft zu spannen."

„Die zweite Erscheinung ließ Ihren Geist nicht zum Worte kommen," sagte der Prinz. „Was hätten wir eigentlich von ihm erfahren sollen?"

„Beinahe dasselbe, was Sie nachher gehört haben. Ich fragte Eure Durchlaucht nicht ohne Absicht, ob Sie mir auch alles gesagt, was Ihnen der Sterbende aufgetragen, und ob Sie keine weitern Nachfragen wegen seiner in seinem Vaterlande getan; dieses fand ich nötig, um nicht gegen Tatsachen anzustoßen, die der Aussage meines Geistes hätten widersprechen können. Ich fragte gewisser Jugendsünden wegen, ob der Verstorbene untadelhaft gelebt, und auf die Antwort gründete ich alsdann meine Erfindung."

„Über diese Sache," fing der Prinz nach einigem Stillschweigen an, „haben Sie mir einen befriedigenden Aufschluß gegeben. Aber ein Hauptumstand ist noch zurück, worüber ich Licht von Ihnen verlange."

„Wenn es in meiner Gewalt steht, und –"

„Keine Bedingungen! Die Gerechtigkeit, in deren Händen Sie sind, dürfte so bescheiden nicht fragen. Wer war dieser Unbekannte, vor dem wir Sie niederstürzen sahen? Was wissen Sie von ihm? Woher kennen Sie ihn? Und was hat es für eine Bewandtnis mit dieser zweiten Erscheinung?"

„Gnädigster Prinz –“

„Als Sie ihm näher ins Gesicht sahen, stießen Sie einen lauten Schrei aus und stürzten nieder. Warum das? Was bedeutete das?“

„Dieser Unbekannte, gnädigster Prinz –“ Er hielt inne, wurde sichtbarlich unruhiger und sah uns alle in der Reihe herum mit verlegenen Blicken an. – „Ja, bei Gott, gnädigster Prinz, dieser Unbekannte ist ein schreckliches Wesen.“

„Was wissen Sie von ihm? Wie steht er mit Ihnen in Verbindung? – Hoffen Sie nicht, uns die Wahrheit zu verhehlen.“ –

„Dafür werd' ich mich wohl hüten – denn wer steht mir dafür, daß er nicht in diesem Augenblick unter uns stehet?“

„Wo? Wer?“ riefen wir alle zugleich und schauten uns halb lachend, halb bestürzt im Zimmer um. – „Das ist ja nicht möglich.“

„Oh! diesem Menschen – oder wer er sein mag – sind Dinge möglich, die noch weit weniger zu begreifen sind.“

„Aber wer ist er denn? Woher stammt er? Armenier oder Russe? Was ist das Wahre an dem, wofür er sich ausgibt?“

„Keines von allem, was er scheint. Es wird wenige Stände, Charaktere und Nationen geben, davon er nicht schon die Maske getragen. Wer er sei? Woher er gekommen? Wohin er gehe? weiß niemand. Daß er lang in Ägypten gewesen, wie viele behaupten, und dort aus einer Pyramide seine verborgene Weisheit geholt habe, will ich weder bejahen noch verneinen. Bei uns kennt man ihn nur unter dem Namen des *Unergründlichen.* Wie alt, zum Beispiel, schätzen Sie ihn?“

„Nach dem äußern Anschein zu urteilen, kann er kaum vierzig zurückgelegt haben.“

„Und wie alt denken Sie, daß ich sei?“

„Nicht weit von funfzig.“

„Ganz recht – und wenn ich Ihnen nun sage, daß ich ein Bursche von siebenzehn Jahren war, als mir mein Großvater von diesem Wundermann erzählte, der ihn ungefähr in eben dem Alter, worin er jetzt zu sein scheint, in Famagusta gesehen hat –"

„Das ist lächerlich, unglaublich und übertrieben."

„Nicht um einen Zug. Hielten mich diese Fesseln nicht ab, ich wollte Ihnen Bürgen stellen, deren ehrwürdiges Ansehen Ihnen keinen Zweifel mehr übrig lassen würde. Es gibt glaubwürdige Leute, die sich erinnern, ihn in verschiedenen Weltgegenden zur gleichen Zeit gesehen zu haben. Keines Degens Spitze kann ihn durchbohren, kein Gift kann ihm etwas anhaben, kein Feuer sengt ihn, kein Schiff geht unter, worauf er sich befindet. Die Zeit selbst scheint an ihm ihre Macht zu verlieren, die Jahre trocknen seine Säfte nicht aus, und das Alter kann seine Haare nicht bleichen. Niemand ist, der ihn Speise nehmen sah, nie ist ein Weib von ihm berührt worden, kein Schlaf besucht seine Augen; von allen Stunden des Tages weiß man nur eine einzige, über die er nicht Herr ist, in welcher niemand ihn gesehen, in welcher er kein irdisches Geschäft verrichtet hat."

„So?" sagte der Prinz. „Und was ist dies für eine Stunde?"

„Die zwölfte in der Nacht. Sobald die Glocke den zwölften Schlag tut, gehört er den Lebendigen nicht mehr. Wo er auch sein mag, er muß fort, welches Geschäft er auch verrichtet, er muß es abbrechen. Dieser schreckliche Glockenschlag reißt ihn aus den Armen der Freundschaft, reißt ihn selbst vom Altar und würde ihn auch aus dem Todeskampf rufen. Niemand weiß, wo er dann hingehet, noch was er da verrichtet. Niemand wagt es, ihn darum zu befragen, noch weniger, ihm zu folgen; denn seine Gesichtszüge ziehen sich auf einmal, sobald diese gefürchtete Stunde schlägt, in einen so finstern und schreckhaften Ernst zusammen, daß jedem der Mut entfällt, ihm ins Gesicht zu blicken oder ihn anzureden. Eine tiefe Todesstille endigt dann plötzlich das lebhafteste Gespräch, und alle, die um ihn sind, erwarten mit ehrerbietigem Schaudern seine Wiederkunft, ohne es nur zu wagen, sich von der Stelle zu heben oder die Türe zu öffnen, durch die er gegangen ist."

„Aber,“ fragte einer von uns, „bemerkt man nichts Außerordentliches an ihm bei seiner Zurückkunft?“

„Nichts, als das er bleich und abgemattet aussieht, ungefähr wie ein Mensch, der eine schmerzhafte Operation ausgestanden, oder eine schreckliche Zeitung erhält. Einige wollen Blutstropfen auf seinem Hemde gesehen haben; dieses aber lasse ich dahingestellt sein.“

„Und man hat es zum wenigsten nie versucht, ihm diese Stunde zu verbergen, oder ihn so in Zerstreuung zu verwickeln, daß er sie übersehen mußte?“

„Ein einziges Mal, sagt man, überschritt er den Termin. Die Gesellschaft war zahlreich, man verspätete sich bis tief in die Nacht, alle Uhren waren mit Fleiß falsch gerichtet, und das Feuer der Unterredung riß ihn dahin. Als die gesetzte Stunde da war, verstummte er plötzlich und wurde starr, alle seine Gliedmaßen verharrten in der selben Richtung, worin dieser Zufall sie überraschte, seine Augen standen, sein Puls schlug nicht mehr, alle Mittel, die man anwendete, ihn wieder zu erwecken, waren fruchtlos; und dieser Zustand hielt an, bis die Stunde verstrichen war. Dann belebte er sich plötzlich von selbst wieder, schlug die Augen auf und fuhr in der nämlichen Silbe fort, worin er war unterbrochen worden. Die allgemeine Bestürzung verriet ihm, was geschehen war, und da erklärte er mit einem fürchterlichen Ernst, daß man sich glücklich preisen dürfte, mit dem bloßen Schrecken davongekommen zu sein. Aber die Stadt, worin ihm dieses begegnet war, verließ er noch an demselben Abend auf immer. Der allgemeine Glaube ist, daß er in dieser geheimnisvollen Stunde Unterredungen mit seinem Genius halte. Einige meinen gar, er sei ein Verstorbener, dem es verstattet sei, dreiundzwanzig Stunden vom Tage unter den Lebenden zu wandeln; in der letzten aber müsse seine Seele zur Unterwelt heimkehren, um dort ihr Gericht auszuhalten. Viele halten ihn auch für den berühmten Apollonius von Tyana, und andre gar für den Jünger Johannes, von dem es heißt, daß er bleiben würde bis zum letzten Gericht.“

„Über einen so außerordentlichen Mann," sagte der Prinz, „kann es freilich nicht an abenteuerlichen Mutmaßungen fehlen. Alles Bisherige haben Sie bloß von Hörensagen; und doch schien mir sein Benehmen gegen Sie und das Ihrige gegen ihn auf eine genauere Bekanntschaft zu deuten. Liegt hier nicht irgendeine besondere Geschichte zum Grunde, bei der Sie selbst mit verwickelt gewesen? Verhehlen Sie uns nichts."

Der Sizilianer sah uns mit einem zweifelhaften Blick an und schwieg.

„Wenn es eine Sache betrifft," fuhr der Prinz fort, „die Sie nicht gerne laut machen wollen, so versichre ich Sie im Namen dieser beiden Herrn der unverbrüchlichsten Verschwiegenheit. Aber reden Sie aufrichtig und unverhohlen."

„Wenn ich hoffen kann," fing der Mann nach einem langen Stillschweigen an, „daß Sie solche nicht gegen mich zeugen lassen wollen, so will ich Ihnen wohl eine merkwürdige Begebenheit mit diesem Armenier erzählen, von der ich Augenzeuge war und die Ihnen über die verborgene Gewalt dieses Menschen keinen Zweifel übriglassen wird. Aber es muß mir erlaubt sein," setzte er hinzu, „einige Namen zu verschweigen."

„Kann es nicht ohne diese Bedingung geschehen?"

„Nein, gnädigster Herr. Es ist eine Familie darein verwickelt, die ich zu schonen Ursache habe."

„Lassen Sie uns hören," sagte der Prinz.

„Es mögen nun fünf Jahre sein," fing der Sizilianer an, „daß ich in Neapel, wo ich mit ziemlichen Glück meine Künste trieb, mit einem gewissen Lorenzo del M**nte, Chevalier des Ordens von St. Stephan, Bekanntschaft machte, einem jungen und reichen Kavalier aus einem der ersten Häuser des Königreichs, der mich mit Verbindlichkeiten überhäufte und für meine Geheimnisse große Achtung zu tragen schien. Er entdeckte mir, daß der Marchese del M**nte, sein Vater, ein eifriger Verehrer der Kabbala wäre und sich glücklich schätzen würde, einen Weltweisen (wie er mich zu nennen beliebte) unter seinem Dache zu wissen. Der Greis wohnte auf einem seiner Landgüter an der See, ungefähr sieben Meilen von Neapel, wo er beinahe in gänzlicher Abgeschiedenheit von Menschen das Andenken eines teuern Sohnes beweinte, der ihm durch ein schreckliches Schicksal entrissen ward. Der Chevalier ließ mich merken, daß er und seine Familie in einer sehr ernsthaften Angelegenheit meiner wohl gar einmal bedürfen könnten, um von meiner geheimen Wissenschaft vielleicht einen Aufschluß über etwas zu erhalten, wobei alle natürlichen Mittel fruchtlos erschöpft worden wären. Er insbesondere, setzte er sehr bedeutend hinzu, würde einst vielleicht Ursache haben, mich als den Schöpfer seiner Ruhe und seines ganzen irdischen Glücks zu betrachten. Ich wagte nicht, ihn um das Nähere zu befragen, und für damals blieb es bei dieser Erklärung. Die Sache selbst aber verhielt sich folgender Gestalt.

„Dieser Lorenzo war der jüngere Sohn des Marchese, weswegen er auch zu dem geistlichen Stand bestimmt war; die Güter der Familie sollten an seinen ältern Bruder fallen. *Jeronymo*, so hieß dieser ältere Bruder, hatte mehrere Jahre auf Reisen zugebracht und kam ungefähr sieben Jahre vor der Begebenheit, die jetzt erzählt wird, in sein Vaterland zurück, um eine Heirat mit der einzigen Tochter eines benachbarten gräflichen Hauses von C***tti zu vollziehen, worüber beide Familien schon seit der Geburt dieser Kinder übereingekommen waren, um ihre ansehnlichen Güter dadurch zu vereinigen. Ungeachtet diese Verbindung bloß das Werk elterlicher Konvenienz war und die Herzen beider Verlobter bei der Wahl nicht um Rat gefragt wurden, so hatten sie dieselbe doch stillschweigend schon gerechtfertigt. Jeronymo del M**nte und Antonie C***tti waren miteinander auferzogen worden, und der wenige Zwang, den man dem Umgang zweier Kinder auflegte, die man schon damals gewohnt war, als ein Paar zu betrachten, hatte frühzeitig ein zärtliches Verständnis zwischen beiden entstehen lassen, das durch die Harmonie ihrer Charaktere noch mehr befestigt ward und sich in reifern Jahren leicht zur Liebe erhöhte. Eine vierjährige Entfernung hatte es vielmehr angefeuert als erkältet, und Jeronymo kehrte ebenso treu und ebenso feurig in die Arme seiner Braut zurück, als wenn er sich niemals daraus gerissen hätte.

„Die Entzückungen des Wiedersehens waren noch nicht vorüber, und die Anstalten zur Vermählung wurden auf das lebhafteste betrieben, als der Bräutigam – verschwand. Er pflegte öfters ganze Abende auf einem Landhause zuzubringen, das die Aussicht aufs Meer hatte, und sich da zuweilen mit einer Wasserfahrt zu vergnügen. Nach einem solchen Abende geschah es, daß er ungewöhnlich lang' ausblieb. Man schickte Boten nach ihm aus, Fahrzeuge suchten ihn auf der See; niemand wollte ihn gesehen haben. Von seinen Bedienten wurde keiner vermißt, daß ihn also keiner begleitet haben konnte. Es wurde Nacht, und er erschien nicht. Es wurde Morgen – es wurde Mittag und Abend, und noch kein Jeronymo. Schon fing man an, den schrecklichsten Mutmaßungen Raum zu geben, als die Nachricht einlief, ein algierischer Korsar habe vorigen Tages an dieser Küste gelandet, und verschiedene von den Einwohnern seien gefangen weggeführt worden. Sogleich werden zwei Galeeren bemannt, die eben segelfertig liegen; der alte Marchese besteigt selbst die erste, entschlossen, seinen Sohn mit Gefahr seines eigenen Lebens zu befreien. Am dritten Morgen erblicken sie den Korsaren, vor welchem sie den Vorteil des Windes voraushaben; sie haben ihn bald erreicht, sie kommen ihm so nahe, daß Lorenzo, der sich auf der ersten Galeere befindet, das Zeichen seines Bruders auf dem feindlichen Verdeck zu erkennen glaubt, als plötzlich ein Sturm sie wieder voneinander trennt. Mit Mühe stehen ihn die beschädigten Schiffe aus; aber die Prise ist verschwunden, und die Not zwingt sie, auf Malta zu landen. Der Schmerz der Familie ist ohne Grenzen; trostlos rauft sich der alte Marchese die eisgrauen Haare aus, man fürchtete für das Leben der jungen Gräfin.

„Fünf Jahre gehen in fruchtlosen Erkundigungen hin. Nachfragen geschehen längs der ganzen barbarischen Küste; ungeheure Preise werden für die Freiheit des jungen Marchese geboten; aber niemand meldet sich, sie zu verdienen. Endlich blieb es bei der wahrscheinlichen Vermutung, daß jener Sturm, welcher beide Fahrzeuge trennte, das Räuberschiff zu Grunde gerichtet habe und daß seine ganze Mannschaft in den Fluten umgekommen sei.

„So scheinbar diese Vermutung war, so fehlte ihr doch noch viel zur Gewißheit, und nichts berechtigte, die Hoffnung ganz aufzugeben, daß der Verlorne nicht einmal wieder sichtbar werden könnte. Aber gesetzt nun, er würde es nicht mehr, so erlosch mit ihm zugleich die Familie, oder der zweite Bruder mußte dem geistlichen Stande entsagen und in die Rechte des Erstgebornen eintreten. So gewagt dieser Schritt und so ungerecht es an sich selbst war, diesen möglicherweise noch lebenden Bruder aus dem Besitz seiner natürlichen Rechte zu verdrängen, so glaubte man, einer so entfernten Möglichkeit wegen, das Schicksal eines alten glänzenden Stammes, der ohne diese Einrichtung erlosch, nicht aufs Spiel setzten zu dürfen. Gram und Alter näherten den alten Marchese dem Grabe; mit jedem neu vereitelten Versuch sank die Hoffnung, den Verschwundenen wieder zu finden; er sah den Untergang seines Hauses, der durch eine kleine Ungerechtigkeit zu verhüten war, wenn er sich nämlich nur entschließen wollte, den jüngern Bruder auf Unkosten des ältern zu begünstigen. Um seine Verbindung mit dem gräflichen Hause von C***tti zu erfüllen, brauchte nur ein Name geändert zu werden; der Zweck beider Familien war auf gleiche Art erreicht, Gräfin Antonie mochte nun Lorenzos oder Jeronymos Gattin heißen. Die schwache *Möglichkeit* einer Wiedererscheinung des letztern kam gegen das *gewisse* und dringende Übel, den gänzlichen Untergang der Familie, in keine Betrachtung, und der alte Marchese, der die Annäherung des Todes mit jedem Tage stärker fühlte, wünschte mit Ungeduld, von *dieser* Unruhe wenigstens frei zu sterben.

„Wer diesen Schritt allein verzögerte und am hartnäckigsten bekämpfte, war derjenige, der das meiste dabei gewonnen – Lorenzo. Ungerührt von dem Reiz unermeßlicher Güter, unempfindlich selbst gegen den Besitz des liebenswürdigsten Geschöpfs, das seinen Armen überliefert werden sollte, weigerte er sich mit der edelmütigsten Gewissenhaftigkeit, einen Bruder zu berauben, der vielleicht noch am Leben wäre und sein Eigentum zurückfordern könnte. „Ist das Schicksal meines teuern Jeronymo', sagte er, „durch diese lange Gefangenschaft nicht schon schrecklich genug, daß ich es noch durch einen Diebstahl verbittern sollte, der ihn um alles bringt, was ihm das Teuerste war? Mit welchem Herzen würde ich den Himmel um seine Wiederkunft anflehen, wenn sein Weib in meinen Armen liegt? Mit welcher Stirne ihm, wenn endlich ein Wunder ihn uns zurückbringt, entgegeneilen? Und gesetzt, er ist uns auf ewig entrissen, wodurch können wir sein Andenken besser ehren, als wenn wir die Lücke ewig unausgefüllt lassen, die sein Tod in unsern Zirkel gerissen hat? als wenn wir alle Hoffnungen auf seinem Grabe opfern und das, was sein war, gleich einem Heiligtum unberührt lassen?'

„Aber alle Gründe, welche die brüderliche Delikatesse ausfand, waren nicht vermögend, den alten Marchese mit der Idee auszusöhnen, einen Stamm erlöschen zu sehen, der Jahrhunderte geblüht hatte. Alles, was Lorenzo ihm abgewann, war noch eine Frist von zwei Jahren, ehe er die Braut seines Bruders zum Altar führte. Während dieses Zeitraums wurden die Nachforschungen aufs eifrigste fortgesetzt. Lorenzo selbst tat verschiedenen Seereisen, setzte seine Person manchen Gefahren aus; keine Mühe, keine Kosten wurden gespart, den Verschwundenen wiederzufinden. Aber auch diese zwei Jahre verstrichen fruchtlos wie alle vorigen."

„Und Gräfin Antonie?" fragte der Prinz. „Von ihrem Zustande sagen Sie uns nichts. Sollte sie sich so gelassen in ihr Schicksal ergeben haben? Ich kann es nicht glauben."

„Antoniens Zustand war der schrecklichste Kampf zwischen Pflicht und Leidenschaft, Abneigung und Bewunderung. Die uneigennützige Großmut der brüderlichen Liebe rührte sie; sie fühlte sich hingerissen, den Mann zu verehren, den sie nimmermehr lieben konnte; zerrissen von widersprechenden Gefühlen, blutete ihr Herz. Aber ihr Widerwille gegen den Chevalier schien in eben dem Grade zu wachsen, wie sich seine Ansprüche auf ihre Achtung vermehrten. Mit tiefem Leiden bemerkte er den stillen Gram, der ihre Jugend verzehrte. Ein zärtliches Mitleid trat unvermerkt an die Stelle der Gleichgültigkeit, mit der er sie bisher betrachtet hatte; aber diese verräterische Empfindung hinterging ihn, und eine wütende Leidenschaft fing an, ihm die Ausübung einer Tugend zu erschweren, die bis jetzt jeder Versuchung überlegen geblieben war. Doch selbst noch auf Unkosten seines Herzens gab er den Eingebungen seines Edelmuts Gehör: er allein war es, der das unglückliche Opfer gegen die Willkür der Familie in Schutz nahm. Aber alle seine Bemühungen mißlangen; jeder Sieg, den er über seine Leidenschaft davontrug, zeigte ihn ihrer nur um so würdiger, und die Großmut, mit der er sie ausschlug, diente nur dazu, ihrer Widersetzlichkeit jede Entschuldigung zu rauben.

„So standen die Sachen, als der Chevalier mich beredete, ihn auf seinem Landgute zu besuchen. Die warme Empfehlung meines Gönners bereitete mir da einen Empfang, der alle meine Wünsche übertraf. Ich darf nicht vergessen, hier noch anzuführen, daß es mir durch einige merkwürdige Operationen gelungen war, meinen Namen unter den dortigen Logen berühmt zu machen, welches vielleicht dazu beitragen mochte, das Vertrauen des alten Marchese zu vermehren und seine Erwartungen von mir zu erhöhen. Wie weit ich es mit ihm gebracht und welche Wege ich dabei gegangen, erlassen Sie mir zu erzählen; aus den Geständnissen, die ich Ihnen bereits getan, können Sie auf alles übrige schließen. Da ich mir alle mystischen Bücher zunutze machte, die sich in der sehr ansehnlichen Bibliothek des Marchese befanden, so gelang es mir bald, in seiner Sprache mit ihm zu reden und mein System von der unsichtbaren Welt mit seinen eignen Meinungen in Übereinstimmung zu bringen. In kurzem glaubte er, was ich wollte, und hätte ebenso zuversichtlich auf die Begattungen der Philosophen mit Salamandrinnen und Sylphiden als auf einen Artikel des Kanons geschworen. Da er überdies sehr religiös war und seine Anlage zum Glauben in dieser Schule zu einem hohen Grade ausgebildet hatte, so fanden meine Märchen bei ihm desto leichter Eingang, und zuletzt hatte ich ihn mit Mystizität so umstrickt und umwunden, daß nichts mehr bei ihm Kredit hatte, sobald es natürlich war. In kurzem war ich der angebetete Apostel des Hauses. Der gewöhnliche Inhalt meiner Vorlesungen war die Exaltation der menschlichen Natur und der Umgang mit höhern Wesen, mein Gewährsmann der untrügliche Graf von Gabalis. Die junge Gräfin, die seit dem Verlust ihres Geliebten ohnehin mehr in der Geisterwelt als in der wirklichen lebte und durch den schwärmerischen Flug ihrer Phantasie mit leidenschaftlichem Interesse zu Gegenständen dieser Gattung hingezogen ward, fing meine hingeworfenen Winke mit schauderndem Wohlbehagen auf; ja sogar die Bedienten des Hauses suchten sich im Zimmer zu tun zu machen, wenn ich redete, um hier und da eins meiner Worte aufzuhaschen, welche Bruchstücke sie alsdann nach ihrer Art aneinanderreihten.

„Ungefähr zwei Monate mochte ich so auf diesem Rittersitze zugebracht haben, als eines Morgens der Chevalier auf mein Zimmer trat. Tiefer Gram malte sich auf seinem Gesichte, alle seine Züge waren zerstört, er warf sich in einen Stuhl mit allen Gebärden der Verzweiflung.

„Kapitän," sagte er, „mit mir ist es vorbei. Ich muß fort. Ich kann es nicht länger hier aushalten."

„Was ist Ihnen, Chevalier? Was haben Sie?"

„O diese fürchterliche Leidenschaft!" (Hier fuhr er mit Heftigkeit von dem Stuhle auf und warf sich in meine Arme.) – „Ich habe sie bekämpft wie ein Mann. – Jetzt kann ich nicht mehr."

„Aber an wem liegt es denn, liebster Freund, als an Ihnen? Steht nicht alles in Ihrer Gewalt? Vater, Familie –"

„Vater! Familie! Was ist mir das? – Will ich eine erzwungene Hand oder eine freiwillige Neigung? – Hab' Ich nicht einen Nebenbuhler? – Ach! Und welchen? Einen Nebenbuhler vielleicht unter den Toten? O lassen Sie mich! Lassen Sie mich! Ging' es auch bis ans Ende der Welt. Ich muß meinen Bruder finden."

„Wie? Nach so viel fehlgeschlagenen Versuchen können Sie noch Hoffnung –"

„Hoffnung! – In *meinem* Herzen starb sie längst. Aber auch in jenem? – Was liegt daran, ob *ich* hoffe? – Bin ich glücklich, solange noch ein Schimmer dieser Hoffnung in Antoniens Herzen glimmt? – Zwei Worte, Freund, könnten meine Marter enden. – Aber umsonst! Mein Schicksal wird elend bleiben, bis die Ewigkeit ihr langes Schweigen bricht und Gräber für mich zeugen.'

„Ist es diese Gewißheit also, die Sie glücklich machen kann?“

„Glücklich? Oh, ich zweifle, ob ich es je wieder sein kann! – Aber Ungewißheit ist die schrecklichste Verdammnis!“ (Nach einigem Stillschweigen mäßigte er sich und fuhr mit Wehmut fort.) ‚Daß er meine Leiden sähe! – Kann sie ihn glücklich machen, diese Treue, die das Elend seines Bruders macht? Soll ein Lebendiger eines Toten wegen schmachten, der nicht mehr genießen kann? – Wüßte er meine Qual –“ (hier fing er an, heftig zu weinen, und drückte sein Gesicht auf meine Brust) „vielleicht – ja vielleicht würde er sie selbst in meine Arme führen.“

„Aber sollte dieser Wunsch so ganz unerfüllbar sein?“

„Freund! Was sagen Sie?“ – Er sah mich erschrocken an.

„Weit geringere Anlässe,“ fuhr ich fort, „haben die Abgeschiedenen in das Schicksal der Lebenden verflochten. Sollte das ganze zeitliche Glück eines Menschen – eines Bruders –“

„Das ganze zeitliche Glück! Oh, das fühl' ich! Wie wahr haben Sie gesagt! Meine ganze Glückseligkeit!“

„Und die Ruhe einer trauernden Familie keine rechtmäßige Veranlassung sein, die unsichtbaren Mächte zum Beistand aufzufordern? Gewiß! Wenn je eine irdische Angelegenheit dazu berechtigen kann, die Ruhe der Seligen zu stören – von einer Gewalt Gebrauch zu machen –“

„Um Gottes willen, Freund!“ unterbrach er mich, „nichts mehr davon. Ehmals wohl, ich gesteh' es, hegte ich einen solchen Gedanken – mir deucht, ich sagte Ihnen davon – aber ich hab' ihn längst als ruchlos und abscheulich verworfen.“

„Sie sehen nun schon,“ fuhr der Sizilianer fort, „wohin uns dieses führte. Ich bemühte mich, die Bedenklichkeiten des Ritters zu zerstreuen, welches mir endlich auch gelang. Es ward beschlossen, den Geist des Verstorbenen zu zitieren, wobei ich mir nur vierzehn Tage Frist ausbedingte, um mich, wie ich vorgab, würdig darauf vorzubereiten. Nachdem dieser Zeitraum verstrichen und meine Maschinen gehörig gerichtet waren, benutzte ich einen schauerlichen Abend, wo die Familie auf die gewöhnliche Art um mich versammelt war, ihr die Einwilligung dazu abzulocken oder sie vielmehr unvermerkt dahin zu leiten, daß sie selbst diese Bitte an mich tat. Den schwersten Stand hatte man bei der jungen Gräfin, deren Gegenwart doch so wesentlich war; aber hier kam uns der schwärmerische Flug ihrer Leidenschaft zur Hülfe, und vielleicht mehr noch ein schwacher Schimmer von Hoffnung, daß der Totgeglaubte noch lebe und auf den Ruf nicht erscheinen werde. Mißtrauen in die Sache selbst, Zweifel in meine Kunst war das einzige Hindernis, welches ich *nicht* zu bekämpfen hatte.

„Sobald die Einwilligung der Familie da war, wurde der dritte Tag zu dem Werke angesetzt. Gebete, die bis in die Mitternacht verlängert werden mußten, Fasten, Wachen, Einsamkeit und mystischer Unterricht waren, verbunden mit dem Gebrauch eines gewissen noch unbekannten musikalischen Instruments, das ich in ähnlichen Fällen sehr wirksam fand, die Vorbereitungen zu diesem feierlichen Akt, welche auch so sehr nach Wunsche einschlugen, daß die fanatische Begeisterung meiner Zuhörer meine eigne Phantasie erhitzte und die Illusion nicht wenig vermehrte, zu der ich mich bei dieser Gelegenheit anstrengen mußte. Endlich kam die erwartete Stunde –“

„Ich errate,“ rief der Prinz, „*wen* Sie uns jetzt aufführen werden. – Aber fahren Sie nur fort – fahren Sie fort –“

„Nein, gnädigster Herr. Die Beschwörung ging nach Wunsche vorüber.“

„Aber wie? Wo bleibt denn der Armenier?“

„Fürchten Sie nicht,“ antwortete der Sizilianer, „der Armenier wird nur zu zeitig erscheinen.

„Ich lasse mich in keine Beschreibung des Gaukelspiels ein, die mich ohnehin auch zu weit führen würde. Genug, es erfüllte alle meine Erwartungen. Der alte Marchese, die junge Gräfin nebst ihrer Mutter, der Chevalier und noch einige Verwandte waren zugegen. Sie können leicht denken, daß es mir in der langen Zeit, die ich in diesem Haus zugebracht, nicht an Gelegenheit werde gemangelt haben, von allem, was den Verstorbenen anbetraf, die genaueste Erkundigung einzuziehen.

Verschiedne Gemälde, die ich da von ihm vorfand, setzten mich in den Stand, der Erscheinung die täuschendste Ähnlichkeit zu geben, und weil ich den Geist nur durch Zeichen sprechen ließ, so konnte auch seine Stimme keinen Verdacht erwecken. Der Tote selbst erschien in barbarischem Sklavenkleid, eine tiefe Wunde am Halse. Sie bemerken," sagte der Sizilianer, „daß ich hierin von der allgemeinen Mutmaßung abging, die ihn in den Wellen umkommen lassen, weil ich Ursache hatte zu hoffen, daß gerade das Unerwartete dieser Wendung die Glaubwürdigkeit der Vision selbst nicht wenig vermehren würde; so wie mir im Gegenteil nichts gefährlicher schien als eine zu gewissenhafte Annäherung an das Natürliche."

„Ich glaube, das dies sehr richtig geurteilt war," sagte der Prinz, indem er sich zu uns wendete. „In einer Reihe außerordentlicher Erscheinungen müßte, deucht mir, just die *wahrscheinlichere* stören. Die Leichtigkeit, die erhaltene Entdeckung zu begreifen, würde hier nur das Mittel, durch welches man dazu gelangt war, herabgewürdiget haben; die Leichtigkeit, sie zu erfinden, dieses wohl gar verdächtig gemacht haben; denn wozu einen Geist bemühen, wenn man nichts Weiteres von ihm erfahren soll, als was auch ohne ihn, mit Hülfe der bloß gewöhnlichen Vernunft, herauszubringen war? Aber die überraschende Neuheit und Schwierigkeit der Entdeckung ist hier gleichsam eine Gewährleistung des Wunders, wodurch sie erhalten wird – denn wer wird nun das Übernatürliche einer Operation in Zweifel ziehen, wenn das, was sie leistete, durch natürliche Kräfte nicht geleistet werden kann? – Ich habe Sie unterbrochen," setzte der Prinz hinzu. „Vollenden Sie Ihre Erzählung."

„Ich ließ," fuhr dieser fort, „die Frage an den Geist ergehen, ob er nichts mehr *sein* nenne auf dieser Welt und nichts darauf hinterlassen habe, was ihm teuer wäre? Der Geist schüttelte dreimal das Haupt und streckte einer seiner Händen gen Himmel. Ehe er wegging, streifte er noch einen Ring vom Finger, den man nach seiner Verschwindung auf dem Fußboden liegend fand. Als die Gräfin ihn genauer ins Gesicht faßte, war es ihr Trauring."

„Ihr Trauring!“ rief der Prinz mit Befremdung. „Ihr Trauring! Aber wie gelangten Sie zu diesem?“

„Ich – – – Es war nicht der rechte, gnädigster Prinz – – Ich hatte ihn – – Es war nur ein nachgemachter –“

„Ein nachgemachter!“ wiederholte der Prinz. „Zum Nachmachen brauchten Sie ja den rechten, und wie kamen Sie zu diesem, da ihn der Verstorbene gewiß nie vom Finger brachte?“

„Das ist wohl wahr,“ sagte der Sizilianer, nicht ohne Zeichen der Verwirrung – „aber aus einer Beschreibung, die man mir von dem wirklichen Trauring gemacht hatte –“

„Die Ihnen *wer* gemacht hatte?“

„Schon vor langer Zeit,“ sagte der Sizilianer – – „Es war ein ganz einfacher goldner Ring, mit dem Namen der jungen Gräfin, glaub' ich – – Aber Sie haben mich ganz aus der Ordnung gebracht –“

„Wie erging es weiter?“ sagte der Prinz mit sehr unbefriedigter und zweideutiger Miene.

„Jetzt hielt man sich für überzeugt, daß Jeronymo nicht mehr am Leben sei. Die Familie machte von diesem Tag an seinen Tod öffentlich bekannt und legte förmlich die Trauer um ihn an. Der Umstand mit dem Ringe erlaubte auch Antonien keinen Zweifel mehr und gab den Bewerbungen des Chevalier einen größern Nachdruck. Aber der heftige Eindruck, den diese Erscheinung auf sie gemacht, stürzte sie in eine gefährliche Krankheit, welche die Hoffnungen ihres Liebhabers bald auf ewig vereitelt hätte. Als sie wieder genesen war, bestand sie darauf, den Schleier zu nehmen, wovon sie nur durch die nachdrücklichsten Gegenvorstellungen ihres Beichtvaters, in welchen sie ein unumschränktes Vertrauen setzte, abzubringen war. Endlich gelang es den vereinigten Bemühungen dieses Mannes und der Familie, ihr das Jawort abzuängstigen. Der letzte Tag der Trauer sollte der glückliche Tag sein, den der alte Marchese durch Abtretung aller seiner Güter an den rechtmäßigen Erben noch festlicher zu machen gesonnen war.

„Es erschien dieser Tag, und Lorenzo empfing seine bebende Braut am Altare. Der Tag ging unter, ein prächtiges Mahl erwartete die frohen Gäste im hellerleuchteten Hochzeitssaal, und eine lärmende Musik begleitete die ausgelassene Freude. Der glückliche Greis hatte gewollt, daß alle Welt seine Fröhlichkeit teilte; alle Zugänge zum Palaste waren geöffnet, und willkommen war jeder, der ihn glücklich pries. Unter diesem Gedränge nun –“

Der Sizilianer hielt hier inne, und ein Schauder der Erwartung hemmte unsern Odem – –

„Unter diesem Gedränge also,“ fuhr er fort, "ließ mich derjenige, welcher zunächst an mir saß, einen *Franziskanermönch* bemerken, der unbeweglich wie eine Säule stand, langer hagrer Statur und aschbleichen Angesichts, einen ernsten und traurigen Blick auf das Brautpaar geheftet. Die Freude, welche ringsherum auf allen Gesichtern lachte, schien an diesem einzigen vorüberzugehen, seine Miene blieb unwandelbar dieselbe, wie eine Büste unter lebenden Figuren. Das Außerordentliche dieses Anblicks, der, weil er mich mitten in der Lust überraschte und gegen alles, was mich in diesem Augenblick umgab, auf eine so grelle Art abstach, um so tiefer auf mich wirkte, ließ einen unauslöschlichen Eindruck in meiner Seele zurück, daß ich dadurch allein in den Stand gesetzt worden bin, die Gesichtszüge dieses Mönchs in der Physiognomie des *Russen* (denn Sie begreifen wohl schon, daß er mit diesem und Ihrem *Armenier* eine und dieselbe Person war) wiederzuerkennen, welches sonst schlechterdings unmöglich würde gewesen sein. Oft versucht' ich's, die Augen von dieser schreckhaften Gestalt abzuwenden, aber unfreiwillig fielen sie wieder darauf und fanden sie jedesmal unverändert. Ich stieß meinen Nachbar an, dieser den seinigen; dieselbe Neugierde, dieselbe Befremdung durchlief die ganze Tafel, das Gespräch stockte, eine allgemeine plötzliche Stille; den Mönch störte sie nicht. Der Mönch stand unbeweglich und immer derselbe, einen ernsten und traurigen Blick auf das Brautpaar geheftet. Einen jeden entsetzte diese Erscheinung; die junge Gräfin allein fand ihren eigenen Kummer im Gesicht dieses Fremdlings wieder und hing mit stiller Wollust an dem einzigen Gegenstand in der Versammlung, der ihren Gram zu verstehen, zu teilen schien. Allgemach verlief sich das Gedränge, Mitternacht war vorüber, die Musik fing an, stiller und verlorner zu tönen, die Kerzen dunkler und endlich nur einzeln zu brennen, das Gespräch leiser und immer leiser zu flüstern – und öder ward es und immer öder im trüb erleuchteten Hochzeitssaal; der Mönch stand unbeweglich und immer derselbe, einen stillen und traurigen Blick auf das Brautpaar geheftet.

„Die Tafel wird aufgehoben, die Gäste zerstreuen sich dahin und dorthin, die Familie tritt in einen engeren Kreis zusammen; der Mönch bleibt ungeladen in diesem engern Kreis. Ich weiß nicht, woher es kam, daß niemand ihn anreden wollte; niemand redeten ihn an. Schon drängen sich ihre weiblichen Bekannten um die zitternde Braut herum, die einen bittenden, Hülfe suchenden Blick auf den ehrwürdigen Fremdling richtet; der Fremdling erwiderte ihn nicht.

„Die Männer sammeln sich auf gleiche Art um den Bräutigam – Eine gepreßte erwartungsvolle Stille – ‚Daß wir untereinander da so glücklich sind,“ hub endlich der Greis an, der allein unter uns allen den Unbekannten nicht zu bemerken oder sich doch nicht über ihn zu verwundern schien: „Daß wir so glücklich sind,“ sagte er, „und mein Sohn Jeronymo muß fehlen!“

„Hast du ihn denn geladen, und er ist ausgeblieben?“ – fragte der Mönch. Es war das erste Mal, daß er den Mund öffnete. Mit Schrecken sahen wir ihn an.

„Ach! er ist hingegangen, wo man auf ewig ausbleibt,“ versetzte der Alte. „Ehrwürdiger Herr, Ihr versteht mich unrecht. Mein Sohn Jeronymo ist tot.“

„Vielleicht fürchtet er sich auch nur, sich in solcher Gesellschaft zu zeigen,“ fuhr der Mönch fort – „Wer weiß, wie er aussehen mag, dein Sohn Jeronymo! – Laß ihn die Stimme hören, die er zum letzten Mal hörte! – Bitte deinen Sohn Lorenzo, daß er ihn rufe.“

„Was soll das bedeuten?“ murmelte alles. Lorenzo veränderte die Farbe. Ich leugne nicht, daß mir das Haar anfing zu steigen.

„Der Mönch war unterdessen zum Schenktisch getreten, wo er ein volles Weinglas ergriff und an die Lippen setzte – „Das Andenken unsers teuern Jeronymo!“ rief er. „Wer den Verstorbenen lieb hatte, tue mir's nach.“

„Woher Ihr auch sein mögt, ehrwürdiger Herr,“ rief endlich der Marchese, „Ihr habt einen teuern Namen genannt. Seid mir willkommen! – Kommt, meine Freunde!“ (indem er sich gegen uns kehrte und die Gläser herumgehen ließ) „laßt einen Fremdling uns nicht beschämen! – Dem Andenken meines Sohnes Jeronymo.“

„Nie, glaube ich, ward eine Gesundheit mit so schlimmem Mute getrunken.

„Ein Glas steht noch voll da – Warum weigert sich mein Sohn Lorenzo, auf diesen freundlichen Trunk Bescheid zu tun?“

„Bebend empfing Lorenzo das Glas aus des Franziskaners Hand – bebend brachte er's an den Mund – „Meinem vielgeliebten Bruder Jeronymo!“ stammelte er, und schauernd setzte er's nieder.

„Das ist meines Mörders Stimme,“ rief eine fürchterliche Gestalt, die auf einmal in unsrer Mitte stand, mit bluttriefendem Kleide und entstellt von gräßlichen Wunden. – –

„Aber um das Weitere frage man mich nicht mehr,“ sagte der Sizilianer, alle Zeichen des Entsetzens in seinem Angesicht. „Meine Sinne hatten mich von dem Augenblicke an verlassen, als ich die Augen auf die Gestalt warf, so wie jeden, der zugegen war. Da wir wieder zu uns selber kamen, rang Lorenzo mit dem Tode; Mönch und Erscheinung waren verschwunden. Den Ritter brachte man unter schrecklichen Zuckungen zu Bette; niemand als der Geistliche war um den Sterbenden und der jammervolle Greis, der ihm, wenige Wochen nachher, im Tode folgte. Seine Geständnisse liegen in der Brust des Paters versenkt, der seine letzte Beichte hörte, und kein lebendiger Mensch hat sie erfahren.

„Nicht lange nach dieser Begebenheit geschah es, daß man einen Brunnen auszuräumen hatte, der im Hinterhofe des Landhauses unter wildem Gesträuche versteckt und viele Jahre lang verschüttet war; da man den Schutt durcheinander störte, entdeckte man ein Totengerippe. Das Haus, wo sich dieses zutrug, steht nicht mehr; die Familie del M**nte ist erloschen, und in einem Kloster, ohnweit Salerno, zeigt man Ihnen Antoniens Grab.

„Sie sehen nun," fuhr der Sizilianer fort, als er sah, daß wir noch alle stumm und betreten standen und niemand das Wort nehmen wollte: „Sie sehen nun, worauf sich meine Bekanntschaft mit diesem russischen Offizier oder diesem Armenier gründet. Urteilen Sie jetzt, ob ich Ursache gehabt habe, vor einem Wesen zu zittern, das sich mir zweimal auf eine so schreckliche Art in den Weg warf."

„Beantworten Sie mir noch eine einzige Frage," sagte der Prinz und stand auf. „Sind Sie in Ihrer Erzählung über alles, was den Ritter betraf, immer aufrichtig gewesen?"

„Ich weiß nicht anders," versetzte der Sizilianer.

„Sie haben ihn also wirklich für einen rechtschaffenen Mann gehalten?"

„Das hab' ich, bei Gott, das hab' ich," antwortete jener.

„Auch da noch, als er Ihnen den bewußten Ring gab?"

„Wie? – Er gab mir keinen Ring – Ich habe ja nicht gesagt, daß *er* mir den Ring gegeben."

„Gut," sagte der Prinz, an der Glocke ziehend und im Begriff, wegzugehen. „Und den Geist des Marquis von Lanoy," (fragte er, indem er noch einmal zurückkam,) „den dieser Russe gestern auf den Ihrigen folgen ließ, halten Sie also für einen wahren und wirklichen Geist?" –

„Ich kann ihn für nichts anders halten," antwortete jener.

„Kommen Sie," sagte der Prinz zu uns. Der Schließer trat herein. „Wir sind fertig," sagte er zu diesem. „Sie, mein Herr," (zu dem Sizilianer sich wendend) „sollen weiter von mir hören."

„Die Frage, gnädigster Herr, welche Sie zuletzt an den Gaukler getan haben, möchte ich an Sie selbst tun," sagte ich zu dem Prinzen, als wir wieder allein waren. „Halten Sie diesen zweiten Geist für den wahren und echten?“

„Ich? Nein, wahrhaftig, das tue ich nicht mehr.“

„Nicht mehr? Also haben Sie es doch getan?“

„Ich leugne nicht, daß ich mich einen Augenblick habe hinreißen lassen, dieses Blendwerk für etwas mehr zu halten.“

„Und ich will *den* sehen,“ rief ich aus, „der sich unter diesen Umständen einer ähnlichen Vermutung erwehren kann. Aber was für Gründe haben Sie nun, diese Meinung zurückzunehmen? Nach dem, was man uns eben von diesem Armenier erzählt hat, sollte sich der Glaube an seine Wundergewalt eher vermehrt als vermindert haben.“

„Was ein Nichtswürdiger uns von ihm erzählt hat?“ fiel mir der Prinz mit Ernsthaftigkeit ins Wort. „Denn hoffentlich zweifeln Sie nun nicht mehr, daß wir mit einem solchen zu tun gehabt haben? –“

„Nein,“ sagte ich. „Aber sollte deswegen sein Zeugnis – – „

„Das Zeugnis eines Nichtswürdigen – gesetzt, ich hätte auch weiter keinen Grund, es in Zweifel zu ziehen – kann gegen Wahrheit und gesunde Vernunft nicht in Anschlag kommen. Verdient ein Mensch, der mich mehrmal betrogen, der den Betrug zu seinem Handwerk gemacht hat, in einer Sache gehört zu werden, wo die aufrichtigste Wahrheitsliebe selbst sich erst reinigen muß, um Glauben zu verdienen? Verdient ein solcher Mensch, der vielleicht nie eine Wahrheit um ihrer selbst willen gesagt hat, da Glauben, wo er als Zeuge gegen Menschenvernunft und ewige Naturordnung auftritt? Das klingt ebenso, als wenn ich einen gebrandmarkten Bösewicht bevollmächtigen wollte, gegen die nie befleckte und nie bescholtene Unschuld zu klagen.“

„Aber was für Gründe sollte er haben, einem Manne, den er so viele Ursachen hat zu hassen, wenigstens zu fürchten, ein so glorreiches Zeugnis zu geben?“

„Wenn ich diese Gründe auch nicht einsehe, soll er sie deswegen weniger haben? Weiß ich, in *wessen* Solde er mich belog? Ich gestehe, daß ich das ganze Gewebe seines Betrugs noch nicht ganz durchschaue; aber er hat der Sache, für die er streitet, einen sehr schlechten Dienst getan, daß er sich als einen Betrüger – und vielleicht als etwas noch Schlimmres – entlarvte."

„Der Umstand mit dem Ring scheint mir freilich etwas verdächtig."

„*Er ist mehr als das,*" sagte der Prinz, „er ist entscheidend. Diesen Ring (lassen Sie mich einstweilen annehmen, daß die erzählte Begebenheit sich wirklich ereignet habe) empfing er von dem Mörder, und er mußte in demselben Augenblick gewiß sein, daß es der Mörder war. Wer als der Mörder konnte dem Verstorbenen einen Ring abgezogen haben, den dieser gewiß nie vom Finger ließ? Uns suchte er die ganze Erzählung hindurch zu überreden, als ob er selbst von dem Ritter getäuscht worden, und als ob er geglaubt hätte, *ihn* zu täuschen. Wozu diesen Winkelzug, wenn er nicht selbst bei sich fühlte, wie viel er verloren gab, wenn er sein Verständnis mit dem Mörder einräumte? Seine ganze Erzählung ist offenbar nichts als eine Reihe von Erfindungen, um die wenigen Wahrheiten aneinanderzuhängen, die er uns preiszugeben für gut fand. Und ich sollte größere Bedenken tragen, einen Nichtswürdigen, den ich auf zehn Lügen ertappte, lieber auch noch der eilften zu beschuldigen, als die Grundordnung der Natur unterbrechen zu lassen, die ich noch auf keinem Mißklang betrat?"

„Ich kann Ihnen darauf nichts antworten," sagte ich. „Aber die Erscheinung, die wir gestern sahen, bleibt mir darum nicht weniger unbegreiflich."

„Auch mir," versetzte der Prinz, „ob ich gleich in Versuchung geraten bin, einen Schlüssel dazu ausfindig zu machen."

„Wie?" sagte ich.

„Erinnern Sie sich nicht, daß die zweite Gestalt, sobald sie herein war, auf den Altar zuging, das Kruzifix in die Hand faßte und auf den Teppich trat?"

„So schien mir's. Ja."

„Und das Kruzifix, sagte uns der Sizilianer, war ein Konduktor. Daraus sehen Sie also, daß sie eilte, sich elektrisch zu machen. Der Streich, den Lord Seymour mit dem Degen nach ihr tat, konnte also nicht anders als unwirksam bleiben, weil der elektrische Schlag seinen Arm lähmte."

„Mit dem Degen hätte dieses seine Richtigkeit. Aber die Kugel, die der Sizilianer auf sie abschoß und welche wir langsam auf den Altar rollen hörten?"

„Wissen Sie auch gewiß, daß es die abgeschossene Kugel war, die wir rollen hörten? – Davon will ich gar nicht einmal reden, daß die Marionette oder der Mensch, der den Geist vorstellte, so gut umpanzert sein konnte, daß er schuß- und degenfest war – Aber denken Sie doch ein wenig nach, *wer* es war, der die Pistolen geladen."

„Es ist wahr," sagte ich, – und ein plötzliches Licht ging mir auf – „Der Russe hatte sie geladen. Aber dieses geschah vor unsern Augen, wie hätte da ein Betrug vorgehen können?"

„Und warum hätte er nicht sollen vorgehen können? Setzten Sie denn schon damals ein Mißtrauen in diesen Menschen, daß Sie es für nötig befunden hätten, ihn zu beobachten? Untersuchten Sie die Kugel, eh' er sie in den Lauf brachte, die ebensogut eine quecksilberne oder auch nur eine bemalte Tonkugel sein konnte? Gaben Sie acht, ob er sie auch wirklich in den Lauf der Pistole oder nicht nebenbei in seine Hand fallen ließ? Was überzeugt Sie – gesetzt, er hätte sie auch wirklich scharf geladen –, daß er gerade die geladenen in den andern Pavillon mit hinübernahm und nicht vielmehr ein anderes Paar unterschob, welches so leicht anging, da es niemand einfiel, ihn zu beobachten, und wir überdies mit dem Auskleiden beschäftigt waren? Und konnte die Gestalt nicht in dem Augenblicke, da der Pulverrauch sie uns entzog, eine andere Kugel, womit sie auf den Notfall versehen war, auf den Altar fallen lassen? Welcher von allen diesen Fällen ist der unmögliche?"

„Sie haben recht. Aber diese treffende Ähnlichkeit der Gestalt mit Ihrem verstorbenen Freunde – Ich habe ihn ja auch sehr oft bei Ihnen gesehen, und in dem Geiste hab' ich ihn auf der Stelle wiedererkannt."

„Auch ich – und ich kann nicht anders sagen, als daß die Täuschung aufs Höchste getrieben war. Wenn aber nun dieser Sizilianer nach einigen wenigen verstohlnen Blicken, die er auf meine Tabatiere warf, auch in *sein* Gemälde eine flüchtige Ähnlichkeit zu bringen wußte, die Sie und mich hinterging, warum nicht um so viel mehr der Russe, der während der ganzen Tafel den freien Gebrauch meiner Tabatiere hatte, der den Vorteil genoß, immer und durchaus unbeobachtet zu bleiben, und dem ich noch außerdem im Vertrauen entdeckt hatte, *wer* mit dem Bilde auf der Dose gemeint sei? – Setzen Sie hinzu – was auch der Sizilianer anmerkte – daß das Charakteristische des Marquis in lauter solchen Gesichtszügen liegt, die sich auch im Groben nachahmen lassen – wo bleibt dann das Unerklärbare in dieser ganzen Erscheinung?"

„Aber der Inhalt seiner Worte? Der Aufschluß über Ihren Freund?"

„Wie? Sagte uns denn der Sizilianer nicht, daß er aus dem Wenigen, was er mir abfragte, eine ähnliche Geschichte zusammengesetzt habe? Beweist dieses nicht, wie natürlich gerade auf diese Erfindung zu fallen war? Überdies klangen die Antworten des Geistes so orakelmäßig dunkel, daß er gar nicht Gefahr laufen konnte, auf einen Widerspruch betreten zu werden. Setzen Sie, daß die Kreatur des Gauklers, die den Geist machte, Scharfsinn und Besonnenheit besaß und von den Umständen nur ein wenig unterrichtet war – wie weit hätte diese Gaukelei nicht noch geführt werden können?"

„Aber überlegen Sie, gnädigster Herr, wie weitläufig die Anstalten zu einem so zusammengesetzten Betrug von Seiten des Armeniers hätten sein müssen! Wie viele Zeit dazu gehört haben würde! Wie viele Zeit nur, einen menschlichen Kopf einem andern so getreu nachzumalen, als hier vorausgesetzt wird! Wie viele Zeit, diesen untergeschobenen Geist so gut zu unterrichten, daß man vor einem groben Irrtum gesichert war! Wie viele Aufmerksamkeit die kleinen unnennbaren Nebendinge würden erfordert haben, welche entweder mithelfen, oder denen, weil sie stören konnten, auf irgendeine Art doch begegnet werden mußte! Und nun erwägen Sie, daß der Russe nicht über eine halbe Stunde ausblieb. Konnte wohl in nicht mehr als einer halben Stunde alles angeordnet werden, was hier nur das Unentbehrlichste war? – Wahrlich, gnädigster Herr, selbst nicht einmal ein dramatischer Schriftsteller, der um die unerbittlichen drei Einheiten seines Aristoteles verlegen war, würde einem Zwischenakt soviel Handlung aufgelastet, noch seinem Parterre einen so starken Glauben zugemutet haben."

„Wie? Sie halten es also schlechterdings für unmöglich, daß in dieser kleinen halben Stunde alle diese Anstalten hätten getroffen werden können?"

„In der Tat," rief ich, „für so gut als unmöglich." –

„Diese Redensart verstehe ich nicht. Widerspricht es allen Gesetzen der Zeit, des Raumes und der physischen Wirkungen, daß ein so gewandter Kopf, wie doch unwidersprechlich dieser Armenier ist, mit Hülfe seiner vielleicht ebenso gewandten Kreaturen, in der Hülle der Nacht, von niemand beobachtet, mit allen Hülfsmitteln ausgerüstet, von denen sich ein Mann dieses Handwerks ohnehin niemals trennen wird, daß ein solcher Mensch, von solchen Umständen begünstigt, in so weniger Zeit so viel zustande bringen könnte? Ist es geradezu undenkbar und abgeschmackt zu glauben, daß er mit Hülfe weniger Worte, Befehle oder Winke seinen Helfershelfern weitläufige Aufträge geben, weitläufige und zusammengesetzte Operationen mit wenigem Wortaufwande bezeichnen könne? – Und darf etwas andres als eine hell eingesehene Unmöglichkeit gegen die ewigen Gesetze der Natur aufgestellt werden? Wollen Sie lieber ein Wunder glauben, als eine Unwahrscheinlichkeit zugeben? lieber die Kräfte der Natur umstürzen, als eine künstliche und weniger gewöhnliche Kombination dieser Kräfte sich gefallen lassen?"

„Wenn die Sache auch eine so kühne Folgerung nicht rechtfertigt, so müssen Sie mir doch eingestehen, daß sie weit über unsre Begriffe geht."

„Beinahe hätte ich Lust, Ihnen auch dieses abzustreiten," sagte der Prinz mit schalkhafter Munterkeit. „Wie, lieber Graf ? wenn es sich, zum Beispiel, ergäbe, daß nicht bloß während und nach dieser halben Stunde, nicht bloß in der Eile und nebenher, sondern den ganzen Abend und die ganze Nacht für diesen Armenier gearbeitet worden? Denken Sie nach, daß der Sizilianer beinahe drei volle Stunden zu seinen Zurüstungen verbrauchte."

„Der Sizilianer, gnädigster Herr!"

„Und womit beweisen Sie mir denn, daß der Sizilianer an dem zweiten Gespenste nicht ebensovielen Anteil gehabt habe als an dem ersten?"

„Wie, gnädigster Herr?"

„Daß er nicht der vornehmste Helfershelfer des Armeniers war – kurz – daß beide nicht miteinander unter *einer* Decke liegen?"

„Das möchte schwer zu erweisen sein," rief ich mit nicht geringer Verwunderung.

„Nicht so schwer, lieber Graf, als Sie wohl meinen. Wie? Es wäre Zufall, daß sich diese beiden Menschen in einem so seltsamen, so verwickelten Anschlag auf die selbe Person, zu derselben Zeit und an dem selben Orte begegneten, daß sich unter ihren beiderseitigen Operationen eine so auffallende Harmonie, ein so durchdachtes Einverständnis fände, daß einer dem andern gleichsam in die Hände arbeitete? Setzen Sie, er habe sich des gröbern Gaukelspiels bedient, um dem feinern eine Folie unterzulegen. Setzen Sie, er habe jenes vorausgeschickt, um den Grad von Glauben auszufinden, worauf er bei mir zu rechnen hätte; um die Zugänge zu meinem Vertrauen auszuspähen; um sich durch diesen Versuch, der unbeschadet seines übrigen Planes verunglücken konnte, mit seinem Subjekte zu familiarisieren; kurz, um sein Instrument damit anzuspielen. Setzen Sie, er habe es getan, um eben dadurch, daß er meine Aufmerksamkeit auf einer Seite vorsätzlich aufforderte und wachsam hielt, sie auf einer andern, die ihm wichtiger war, einschlummern zu lassen. Setzen Sie, er habe einige Erkundigungen einzuziehen gehabt, von denen er wünschte, daß sie auf Rechnung des Taschenspielers geschrieben würden, um den Argwohn von der wahren Spur zu entfernen."

„Wie meinen Sie das?"

„Lassen Sie uns annehmen, er habe einen meiner Leute bestochen, um durch ihn gewisse geheime Nachrichten – vielleicht gar Dokumente – zu erhalten, die zu seinem Zwecke dienen. Ich vermisse meinen Jäger. Was hindert mich, zu glauben, daß der Armenier bei der Entweichung dieses Menschen mit im Spiele sei? Aber der Zufall kann es fügen, daß ich hinter diese Schliche komme; ein Brief kann aufgefangen werden, ein Bedienter kann plaudern. Sein ganzes Ansehen scheitert, wenn ich die Quellen seiner Allwissenheit entdecke. Er schiebt also diesen Taschenspieler ein, der diesen oder jenen Anschlag auf mich haben muß. Von dem Dasein und den Absichten dieses Menschen unterläßt er nicht, mir frühzeitig einen Wink zu geben. Was ich also auch entdecken mag, so wird mein Verdacht auf niemand anders als auf diesen Gaukler fallen; und zu den Nachforschungen, welche ihm, dem Armenier, zugute kommen, wird der Sizilianer seinen Namen geben. Dieses war die Puppe, mit der er mich spielen läßt, während daß er selbst, unbeobachtet und unverdächtig, mit unsichtbaren Seilen mich umwindet."

„Sehr gut! Aber wie läßt es sich mit diesen Absichten reimen, daß er selbst diese Täuschung zerstören hilft und die Geheimnisse seiner Kunst profanen Augen preisgibt? Muß er nicht fürchten, daß die entdeckte Grundlosigkeit einer bis zu einem so hohen Grad von Wahrheit getriebenen Täuschung, wie die Operation des Sizilianers doch in der Tat war, Ihren Glauben überhaupt schwächen und ihm also seine künftigen Plane um ein großes erschweren würde?"

„Was sind es für Geheimnisse, die er mir preisgibt? Keines von denen zuverlässig, die er Lust hat, bei mir in Ausübung zu bringen. Er hat also durch ihre Profanation nichts verloren – Aber wie viel hat er im Gegenteil gewonnen, wenn dieser vermeintliche Triumph über Betrug und Taschenspielerei mich *sicher* und zuversichtlich macht, wenn es ihm dadurch gelang, meine Wachsamkeit nach einer entgegengesetzten Richtung zu lenken, meinen noch unbestimmt umherschweifenden Argwohn auf Gegenständen zu fixieren, die von dem eigentlichen Ort des Angriffs am weitesten entlegen sind? – Er konnte erwarten, daß ich, früher oder später, aus eigenem Mißtrauen oder fremden Antrieb, den Schlüssel zu seinen Wundern in der Taschenspielerkunst aufsuchen würde. – Was konnte er Beßres tun, als daß er sie selbst nebeneinander stellte, daß er mir gleichsam den Maßstab dazu in die Hand gab und, indem er der letztern eine künstliche Grenze setzte, meine Begriffe von den erstern desto mehr erhöhete oder verwirrte? Wie viele Mutmaßungen hat er durch diesen Kunstgriff auf einmal abgeschnitten! wie viele Erklärungsarten im voraus widerlegt, auf die ich in der Folge vielleicht hätte fallen mögen!“

„So hat er wenigstens sehr gegen sich selbst gehandelt, daß er die Augen derer, die er täuschen wollte, schärfte und ihren Glauben an Wunderkraft durch Entlarvung eines so künstlichen Betrugs überhaupt schwächte. Sie selbst, gnädiger Herr, sind die beste Widerlegung seines Plans, wenn er ja einen gehabt hat.“

„Er hat sich in mir vielleicht geirret – aber er hat darum nicht weniger scharf geurteilt. Konnte er voraussehen, daß mir gerade dasjenige im Gedächtnis bleiben würde, welches der Schlüssel zu dem Wunder werden könnte? Lag es in seinem Plan, daß mir die Kreatur, deren er sich bediente, solche Blößen geben sollte? Wissen wir, ob dieser Sizilianer seine Vollmacht nicht weit überschritten hat? – Mit dem Ringe gewiß – Und doch ist es hauptsächlich dieser einzige Umstand, der mein Mißtrauen gegen diesen Menschen entschieden hat. Wie leicht kann ein zugespitzter feiner Plan durch ein gröberes Organ verunstaltet werden? Sicherlich war es seine Meinung nicht, daß uns der Taschenspieler seinen Ruhm im Marktschreierton vorposaunen sollte – daß er uns jene Märchen aufschlüsseln sollte, die sich beim leichtesten Nachdenken widerlegen. So zum Beispiel – mit welcher Stirne kann dieser Betrüger vorgeben, daß sein Wundertäter auf den Glockenschlag Zwölfe in der Nacht jeden Umgang mit Menschen aufheben müsse? Haben wir ihn nicht selbst um diese Zeit in unsrer Mitte gesehen?“

„Das ist wahr,“ rief ich. „Das muß er vergessen haben!“

„Aber es liegt im Charakter dieser Art Leute, daß sie solche Aufträge übertreiben und durch das Zuviel alles verschlimmern, was ein bescheidener und mäßiger Betrug vortrefflich gemacht hätte.“

„Ich kann es demungeachtet noch nicht über mich gewinnen, gnädigster Herr, diese ganze Sache für nichts mehr als ein angestelltes Spiel zu halten. Wie? Der Schrecken des Sizilianers, die Zuckungen, die Ohnmacht, der ganze klägliche Zustand dieses Menschen, der uns selbst Erbarmen einflößte – alles dieses wäre nur eine eingelernte Rolle gewesen? Zugegeben, daß sich das theatralische Gaukelspiel auch noch so weit treiben lasse, so kann die Kunst des Akteurs doch nicht über die Organe seines Lebens gebieten.“

„Was das anbetrifft, Freund – Ich habe Richard den Dritten von Garrick gesehen – Und waren wir in diesem Augenblick kalt und müßig genug, um unbefangene Beobachter abzugeben? Konnten wir den Affekt dieses Menschen prüfen, da uns der unsrige übermeisterte? Überdies ist die entscheidende Krise, auch sogar eines Betrugs, für den Betrüger selbst eine so wichtige Angelegenheit, daß bei *ihm* die *Erwartung* gar leicht so gewaltsame Symptome erzeugen kann als die *Überraschung* bei dem *Betrogenen*. Rechnen Sie dazu noch die unvermutete Erscheinung der Häscher –“

„Eben diese, gnädigster Herr – Gut, daß Sie mich daran erinnern – Würde er es wohl gewagt haben, einen so gefährlichen Plan dem Auge der Gerechtigkeit bloßzustellen? Die Treue seiner Kreatur auf eine so bedenkliche Probe zu bringen? – Und zu welchem Ende?“

„Dafür lassen Sie *ihn* sorgen, der seine Leute kennen muß. Wissen wir, was für geheime Verbrechen ihm für die Verschwiegenheit dieses Menschen haften? – Sie haben gehört, welches Amt er in Venedig bekleidet – Und lassen Sie auch dieses Vorgeben zu den übrigen Märchen gehören – wie viel wird es ihm wohl kosten, diesem Kerl durchzuhelfen, der keinen andern Ankläger hat als ihn?“

(Und in der Tat hat der Ausgang den Verdacht des Prinzen nur zu sehr gerechtfertigt. Als wir uns einige Tage darauf nach unserm Gefangenen erkundigen ließen, erhielten wir zur Antwort, daß er unsichtbar geworden sei.)

„Und zu welchem Ende, fragen Sie? Auf welchem andern Weg als auf diesem gewaltsamen konnte er dem Sizilianer eine so unwahrscheinliche und schimpfliche Beichte abfordern lassen, worauf es doch so wesentlich ankam? Wer als ein verzweifelter Mensch, der nichts mehr zu verlieren hat, wird sich entschließen können, so erniedrigende Aufschlüsse über sich selbst zu geben? Unter welchen andern Umständen hätten wir sie ihm geglaubt?“

„Alles zugegeben, gnädigster Prinz,“ sagte ich endlich. „Beide Erscheinungen sollen Gaukelspiele gewesen sein, dieser Sizilianer soll uns meinethalben nur ein Märchen aufgeheftet haben, das ihm sein Prinzipal einlernen ließ, beide sollen zu einem Zweck, miteinander einverstanden, wirken, und aus diesem Einverständnis sollen alle jene wunderbaren Zufälle sich erklären lassen, die uns im Laufe dieser Begebenheit in Erstaunen gesetzt haben. Jene Prophezeiung auf dem Markusplatz, das erste Wunder, welches alle übrigen eröffnet hat, bleibt nichtsdestoweniger unerklärt; und was hilft uns der Schlüssel zu allen übrigen, wenn wir an der Auflösung dieses einzigen verzweifeln?“

„Kehren Sie es vielmehr um, lieber Graf,“ gab mir der Prinz hierauf zur Anwort. „Sagen Sie, was beweisen alle jene Wunder, wenn ich herausbringe, daß auch nur ein einziges Taschenspiel darunter war? Jene Prophezeiung – ich bekenn' es Ihnen – geht über meine Fassungskraft. Stände sie *einzeln* da, hätte der Armenier seine Rolle mit ihr beschlossen, wie er sie damit eröffnete – ich gestehe Ihnen, ich weiß nicht, wie weit sie mich noch hätte führen können. In dieser *niedrigen* Gesellschaft ist sie mir ein klein wenig verdächtig.“ –

„Zugegeben, gnädigster Herr! Unbegreiflich bleibt sie aber doch, und ich fordre alle unsre Philosophen auf, mir einen Aufschluß darüber zu erteilen.“

„Sollte Sie aber wirklich so unerklärbar sein?“ fuhr der Prinz fort, nachdem er sich einige Augenblicke besonnen hatte. „Ich bin weit entfernt, auf den Namen eines Philosophen Ansprüche zu machen; und doch könnte ich mich versucht fühlen, auch zu diesem Wunder einen natürlichen Schlüssel aufzusuchen oder es lieber gar von allem Schein des Außerordentlichen zu entkleiden."

„Wenn sie *das* können, mein Prinz, dann," versetzte ich mit sehr unglaubigem Lächeln, „sollen *Sie* das einzige Wunder sein, das ich glaube."

„Und zum Beweise," fuhr er fort, „wie wenig wir berechtigt sind, zu übernatürlichen Kräften unsre Zuflucht zu nehmen, will ich Ihnen zwei verschiedene Auswege zeigen, auf welchen wir diese Begebenheit, ohne der Natur Zwang anzutun, vielleicht ergründen."

„Zwei Schlüssel auf einmal! Sie machen mich in der Tat höchst neugierig."

„Sie haben mit mir die nähern Nachrichten von der Krankheit meines verstorbenen Cousins gelesen. Es war in einem Anfall von kaltem Fieber, wo ihn ein Schlagfluß tötete. Das Außerordentliche dieses Todes, ich gestehe es, trieb mich an, das Urteil einiger Ärzte darüber zu vernehmen, und was ich bei dieser Gelegenheit in Erfahrung brachte, leitet mich auf die Spur dieses Zauberwerks. Die Krankheit des Verstorbenen, eine der seltensten und fürchterlichsten, hat dieses eigentümliche Symptom, das sie während des Fieberfrostes den Kranken in einen tiefen unerwecklichen Schlaf versenkt, der ihn gewöhnlich bei der zweiten Wiederkehr des Paroxysmus " apoplektisch tötet. Da diese Paroxysmen in der strengsten Ordnung und zur gesetzten Stunde zurückkehren, so ist der Arzt von demselben Augenblick an, als sich sein Urteil über das Geschlecht der Krankheit entschieden hat, auch in den Stand gesetzt, die Stunde des Todes anzugeben. Der dritte Paroxysm eines dreitägigen Wechselfiebers fällt aber bekanntlich in den fünften Tag der Krankheit – und gerade nur soviel Zeit bedarf ein Brief, um von ***, wo mein Cousin starb, nach Venedig zu gelangen. Setzen wir nun, daß unser Armenier einen wachsamen Korrespondenten unter dem Gefolge des Verstorbenen besitze – daß er ein lebhaftes Interesse habe, Nachrichten von dorther zu erhalten, daß er auf mich selbst Absichten habe, die ihm der Glaube an das Wunderbare und der Schein übernatürlicher Kräfte bei mir befördern hilft –, so haben Sie einen natürlichen Aufschluß über jene Wahrsagung, die Ihnen so unbegreiflich deucht. Genug, Sie ersehen daraus die Möglichkeit, wie mir ein Dritter von einem Todesfall Nachricht geben kann, der sich in dem Augenblick, wo er ihn meldet, vierzig Meilen weit davon ereignet."

„In der Tat, Prinz, Sie verbinden hier Dinge, die, einzeln genommen, zwar sehr natürlich lauten, aber nur durch etwas, was nicht besser ist als Zauberei, in diese Verbindung gebracht werden können."

„Wie? Sie erschrecken also vor dem Wunderbaren weniger als vor dem *Gesuchten*, dem Ungewöhnlichen? Sobald wir dem Armenier einen wichtigen Plan, der mich entweder zum Zweck hat oder zum Mittel gebraucht, einräumen – und *müssen* wir das nicht, was wir auch immer von seiner Person urteilen? –, so ist nichts unnatürlich, nichts gezwungen, was ihn auf dem kürzesten Wege zu seinem Ziele führt. Was für einen kürzern Weg gibt es aber, sich eines Menschen zu versichern, als das Kreditiv eines Wundertäters? Wer widersteht einem Manne, dem die Geister unterwürfig sind? Aber ich gebe Ihnen zu, daß meine Mutmaßung gekünstelt ist; ich gestehe, daß sie mich selbst nicht befriedigt. Ich bestehe nicht darauf, weil ich es nicht der Mühe wert halte, einen künstlichen und überlegten Entwurf zu Hülfe zu nehmen, wo man mit dem bloßen Zufall schon ausreicht.

„Wie? fiel ich ein, „es soll bloßer Zufall – –"

„Schwerlich etwas mehr!" fuhr der Prinz fort. „Der Armenier wußte von der Gefahr meines Cousins. Er traf uns auf dem St. Markusplatze. Die Gelegenheit lud ihn ein, eine Prophezeiung zu wagen, die, wenn sie fehlschlug, bloß ein verlornes Wort war – wenn sie eintraf, von den wichtigsten Folgen sein konnte. Der Erfolg begünstigte diesen Versuch – und jetzt erst mochte er darauf denken, das Geschenk des Ungefährs für einen zusammenhängenden Plan zu benutzen. – Die Zeit wird dieses Geheimnis aufklären oder auch nicht aufklären – aber glauben Sie mir,

Freund (indem er seine Hand auf die meinige legte und eine sehr ernsthafte Miene annahm), ein Mensch, dem höhere Kräfte zu Gebote stehen, wird keines Gaukelspiels bedürfen, oder er wird es verachten."

So endigte sich eine Unterredung, die ich darum ganz hieher gesetzt habe, weil sie die Schwierigkeiten zeigt, die bei dem Prinzen zu besiegen waren, und weil sie, wie ich hoffe, sein Andenken von dem Vorwurfe reinigen wird, daß er sich blind und unbesonnen in die Schlinge gestürzt habe, die eine unerhörte Teufelei ihm bereitete. Nicht alle – fährt der Graf von O*** fort –, die in dem Augenblicke, wo ich dieses schreibe, vielleicht mit Hohngelächter auf seine Schwachheit herabsehen und im stolzen Dünkel ihrer nie angefochtenen Vernunft sich für berechtigt halten, den Stab der Verdammung über ihn zu brechen, nicht alle, fürchte ich, würden diese erste Probe so männlich bestanden haben. Wenn man ihn nunmehr auch nach dieser glücklichen Vorbereitung dessenungeachtet fallen sieht; wenn man den schwarzen Anschlag, vor dessen entferntester Annäherung ihn sein guter Genius warnte, nichtsdestoweniger an ihm in Erfüllung gegangen findet, so wird man weniger über seine Torheit spotten als über die Größe des Bubenstücks erstaunen, dem eine so wohl verteidigte Vernunft erlag. Weltliche Rücksichten können an meinem Zeugnisse keinen Anteil haben; denn er, der es mir danken soll, ist nicht mehr. Sein schreckliches Schicksal ist geendigt; längst hat sich seine Seele am Thron der Wahrheit gereinigt, vor dem auch die meinige längst steht, wenn die Welt dieses lieset; aber – man verzeihe mir die Träne, die dem Andenken meines teuersten Freundes unfreiwillig fällt –, aber zur Steuer der Gerechtigkeit schreib' ich es nieder: Er war ein edler Mensch, und gewiß wär' er eine Zierde des Thrones geworden, den er durch ein Verbrechen ersteigen zu wollen sich betören ließ.

Zweites Buch

Nicht lange nach diesen letztern Begebenheiten – fährt der Graf von O** zu erzählen fort – fing ich an, in dem Gemüt des Prinzen eine wichtige Veränderung zu bemerken. Bis jetzt nämlich hatte der Prinz jede strengere Prüfung seines Glaubens vermieden und sich damit begnügt, die rohen und sinnlichen Religionsbegriffe, in denen er auferzogen worden, durch die bessern Ideen, die sich ihm nachher aufdrangen, zu reinigen, ohne die Fundamente seines Glaubens zu untersuchen. Religionsgegenstände überhaupt, gestand er mir mehrmals, seien ihm jederzeit wie ein bezaubertes Schloß vorgekommen, in das man nicht ohne Grauen seinen Fuß setze, und man tue weit besser, man gehe mit ehrerbietiger Resignation daran vorüber, ohne sich der Gefahr auszusetzen, sich in seinen Labyrinthen zu verirren. Dennoch zog ihn ein entgegengesetzter Hang unwiderstehlich zu Untersuchungen hin, die damit in Verbindung standen.

Eine bigotte, knechtische Erziehung war die Quelle dieser Furcht; diese hatte seinem zarten Gehirne Schreckbilder eingedrückt, von denen er sich während seines ganzen Lebens nie ganz losmachen konnte. Religiöse Melancholie war eine Erbkrankheit in seiner Familie; die Erziehung, welche man ihm und seinen Brüdern geben ließ, war dieser Disposition angemessen, die Menschen, denen man ihn anvertraute, aus diesem Gesichtspunkte gewählt, also entweder Schwärmer oder Heuchler. Alle Lebhaftigkeit des Knaben in einem dumpfen Geisteszwange zu ersticken, war das zuverlässigste Mittel, sich der höchsten Zufriedenheit der fürstlichen Eltern zu versichern.

Diese schwarze nächtliche Gestalt hatte die ganze Jugendzeit unsers Prinzen; selbst aus seinen Spielen war die Freude verbannt. Alle seine Vorstellungen von Religion hatten etwas Fürchterliches an sich, und eben das Grauenvolle und Derbe war es, was sich seiner lebhaften Einbildungskraft zuerst bemächtigte und sich auch am längsten darin erhielt. Sein Gott war ein Schreckbild, ein strafendes Wesen; seine Gottesverehrung knechtisches Zittern oder blinde, alle Kraft und Kühnheit erstickende Ergebung. Allen seinen kindischen und jugendlichen Neigungen, denen ein derber Körper und eine blühende Gesundheit um so kraftvollere Explosionen gab, stand die Religion im Wege; mit allem, woran sein jugendliches Herz sich hängte, lag sie im Streite; er lernte sie nie als eine Wohltat, nur als eine Geißel seiner

Leidenschaften kennen. So entbrannte allmählich ein stiller Groll gegen sie in seinem Herzen, welcher mit einem respektvollen Glauben und blinder Furcht in seinem Kopf und Herzen die bizarreste Mischung machte – einen Widerwillen gegen einen Herrn, vor dem er in gleichem Grade Abscheu und Ehrfurcht fühlte.

Kein Wunder, daß er die erste Gelegenheit ergriff, einem so strengen Joche zu entfliehen – aber er entlief ihm wie ein leibeigner Sklave seinem harten Herrn, der auch mitten in der Freiheit das Gefühl seiner Knechtschaft herumträgt. Eben darum, weil er dem Glauben seiner Jugend nicht mit ruhiger Wahl entsagt; weil er nicht gewartet hatte, bis seine reifere Vernunft sich gemächlich davon abgelöst hatte; weil er ihm als ein Flüchtling entsprungen war, auf den die Eigentumsrechte seines Herrn immer noch fortdauern – so mußte er auch nach noch so großen Distraktionen immer wieder zu ihm zurückkehren. Er war mit der Kette entsprungen, und eben darum mußte er der Raub eines jeden Betrügers werden, der sie entdeckte und zu gebrauchen verstand. Daß sich ein solcher fand, wird, wenn man es noch nicht erraten hat, der Verfolg dieser Geschichte ausweisen.

Die Geständnisse des Sizilianers ließen in seinem Gemüt wichtigere Folgen zurück, als dieser ganze Gegenstand wert war, und der kleine Sieg, den seine Vernunft über diese schwache Täuschung davon getragen, hatte die Zuversicht zu seiner Vernunft überhaupt merklich erhöht. Die Leichtigkeit, mit der es ihm gelungen war, *diesen* Betrug aufzulösen, schien ihn selbst überrascht haben. In seinem Kopfe hatten sich Wahrheit und Irrtum noch nicht so genau voneinander gesondert, daß es ihm nicht oft begegnet wäre, die Stützen der einen mit den Stützen des andern zu verwechseln; daher kam es, daß der Schlag, der seinen Glauben an Wunder stürzte, das ganze Gebäude seines religiösen Glaubens zugleich zum Wanken brachte. Es erging ihm hier wie einem unerfahrnen Menschen, der in der Freundschaft oder Liebe hintergangen worden, weil er schlecht gewählt hatte, und der nun seinen Glauben an diese Empfindungen überhaupt sinken läßt, weil er bloße Zufälligkeiten für wesentliche Eigenschaften und Kennzeichen derselben aufnimmt. Ein entlarvter Betrug machte ihm auch die Wahrheit verdächtig, weil er sich die Wahrheit unglücklicherweise durch gleich schlechte Gründe bewiesen hatte.

Dieser vermeintliche Triumph gefiel ihm um so mehr, je schwerer der Druck gewesen, wovon er ihn zu befreien schien. Von diesem Zeitpunkt an regte sich eine Zweifelsucht in ihm, die auch das Ehrwürdigste nicht verschonte.

Es halfen mehrere Dinge zusammen, ihn in dieser Gemütslage zu erhalten und noch mehr darin zu befestigen. Die Einsamkeit, in der er bisher gelebt hatte, hörte jetzt auf und mußte einer zerstreuungsvollen Lebensart Platz machen. Sein Stand war entdeckt. Aufmerksamkeiten, die er erwidern mußte, Etikette, die er seinem Range schuldig war, rissen ihn unvermerkt in den Wirbel der großen Welt. Sein Stand sowohl als seine persönlichen Eigenschaften öffneten ihm die geistvollesten Zirkel in Venedig; bald sah er sich mit den hellsten Köpfen der Republik, Gelehrten sowohl als Staatsmännern, in Verbindung. Dies zwang ihn, den einförmigen, engen Kreis zu erweitern, in welchen sein Geist sich bisher eingeschlossen hatte. Er fing an, die Beschränktheit seiner Begriffe wahrzunehmen und das Bedürfnis höherer Bildung zu fühlen. Die altmodische Form seines Geistes, von so vielen Vorzügen sie auch sonst begleitet war, stand mit den gangbaren Begriffen der Gesellschaft in einem nachteiligen Kontrast, und seine Fremdheit in den bekanntesten Dingen setzte ihn zuweilen dem Lächerlichen aus; nichts fürchtete er so sehr als das Lächerliche. Das ungünstige Vorurteil, das auf seinem Geburtslande haftete, schien ihm eine Aufforderung zu sein, es in seiner Person zu widerlegen. Dazu kam noch die Sonderbarkeit in seinem Charakter, daß ihn jede Aufmerksamkeit verdroß, die er seinem Stande und nicht seinem persönlichen Werte danken zu müssen glaubte. Vorzüglich empfand er diese Demütigung in Gegenwart solcher Personen, die durch ihren Geist glänzten und durch persönliche Verdienste gleichsam über ihre Geburt triumphierten. In einer solchen Gesellschaft sich als Prinz unterschieden zu sehen, war jederzeit eine tiefe Beschämung für ihn, weil er unglücklicher Weise glaubte, durch diesen

Namen schon von jeder Konkurrenz ausgeschlossen zu sein. Alles dieses zusammengenommen überführte ihn von der Notwendigkeit, seinem Geist die Bildung zu geben, die er bisher verabsäumt hatte, um das Jahrfünftel der witzigen und denkenden Welt einzuholen, hinter welchem er so weit zurückgeblieben war.

Er wählte dazu die modernste Lektüre, der er sich mit allem dem Ernste hingab, womit er alles, was er vornahm, zu behandeln pflegte. Aber die schlimme Hand, die bei der Wahl dieser Schriften im Spiele war, ließ ihn unglücklicherweise immer auf solche stoßen, bei denen weder seine Vernunft noch sein Herz viel gebessert waren. Und auch hier waltete sein Lieblingshang vor, der ihn immer zu allem, was nicht begriffen werden soll, mit unwiderstehlichem Reize hinzog. Nur für dasjenige, was damit in Beziehung stand, hatte er Aufmerksamkeit und Gedächtnis; seine Vernunft und sein Herz blieben leer, während sich diese Fächer seines Gehirns mit verworrenen Begriffen anfüllten. Der blendende Stil des einen riß seine Imagination dahin, indem die Spitzfindigkeiten des andern seine Vernunft verstrickten. Beiden wurden es leicht, sich einen Geist zu unterjochen, der ein Raub eines jeden war, der sich ihm mit einer gewissen Dreistigkeit aufdrang.

Eine Lektüre, die länger als ein Jahr mit Leidenschaft fortgesetzt wurde, hatte ihn beinahe mit gar keinem wohltätigen Begriffe bereichert, wohl aber seinen Kopf mit Zweifeln angefüllt, die, wie es bei diesem konsequenten Charakter unausbleiblich folgte, bald einen unglücklichen Weg zu seinem Herzen fanden. Daß ich es kurz sage – er hatte sich in dieses Labyrinth begeben als ein glaubensreicher Schwärmer, und er verließ es als Zweifler und zuletzt als ein ausgemachter Freigeist.

Unter den Zirkeln, in die man ihn zu ziehen gewußt hatte, war eine gewisse geschlossene Gesellschaft, der *Bucentauro* genannt, die unter dem äußerlichen Schein einer edeln vernünftigen Geistesfreiheit die zügelloseste Lizenz der Meinungen wie der Sitten begünstigte. Da sie unter ihren Mitgliedern viele Geistliche zählte und sogar die Namen einiger Kardinäle an ihrer Spitze trug, so wurde der Prinz um so leichter bewogen, sich darin einführen zu lassen. Gewisse gefährliche Wahrheiten der Vernunft, meinte er, könnten nirgends besser aufgehoben sein als in den Händen solcher Personen, die ihr Stand schon zur Mäßigung verpflichtete und die den Vorteil hätten, auch die Gegenpartei gehört und geprüft zu haben. Der Prinz vergaß hier, daß *Libertinage* des Geistes und der Sitten bei Personen dieses Standes eben darum weiter um sich greift, weil sie hier einen Zügel weniger findet und durch keinen Nimbus von Heiligkeit, der so oft profane Augen blendet, zurückgeschreckt wird. Und dieses war der Fall bei dem Bucentauro, dessen mehreste Mitglieder durch eine verdammliche Philosophie und durch Sitten, die einer solchen Führerin würdig waren, nicht ihren Stand allein, sondern selbst die Menschheit beschimpften.

Die Gesellschaft hatte ihre geheimen Grade, und ich will zur Ehre des Prinzen glauben, daß man ihn des innersten Heiligtums nie gewürdigt habe. Jeder, der in diese Gesellschaft eintrat, mußte, wenigstens so lange er lebte, seinen Rang, seine Nation, seine Religionspartei, kurz alle konventionellen Unterscheidungszeichen ablegen und sich in einen gewissen Stand universeller Gleichheit begeben. Die Wahl der Mitglieder war in der Tat streng, weil nur Vorzüge des Geistes einen Weg dazu bahnten. Die Gesellschaft rühmte sich des feinsten Tons und des ausgebildetsten Geschmacks, und in diesem Rufe stand sie auch wirklich in ganz Venedig. Dieses sowohl als der Schein von Gleichheit, der darin herrschte, zog den Prinzen unwiderstehlich an. Ein geistvoller, durch feinen Witz aufgeheiterter Umgang, unterrichtende Unterhaltungen, das Beste aus der gelehrten und politischen Welt, das hier, wie in seinem Mittelpunkte, zusammenfloß, verbargen ihm lange Zeit das Gefährliche dieser Verbindung. Wie ihm nach und nach der Geist des Instituts durch die Maske hindurch sichtbarer wurde, oder man es auch müde war, länger gegen ihn auf seiner Hut zu sein, war der Rückweg gefährlich, und falsche Scham sowohl als Sorge für seine Sicherheit zwangen ihn, sein inneres Mißfallen zu verbergen.

Aber schon durch die bloße Vertraulichkeit mit dieser Menschenklasse und ihren Gesinnungen, wenn sie ihn auch nicht zur Nachahmung hinrissen, ging die reine, schöne Einfalt seines Charakters und die Zartheit seiner moralischen Gefühle verloren. Sein durch so wenig gründliche Kenntnisse unterstützter Verstand konnte ohne fremde Beihülfe die feinen Trugschlüsse nicht lösen, womit man ihn hier verstrickt hatte, und unvermerkt hatte dieses schreckliche Korrosiv alles – beinahe alles verzehrt, worauf seine Moralität ruhen sollte. Die natürlichen Stützen seiner Glückseligkeit gab er für Sophismen hinweg, die ihn im entscheidenden Augenblick verließen und ihn dadurch zwangen, sich an den ersten besten willkürlichen zu halten, die man ihm zuwarf.

Vielleicht wäre es der Hand eines Freundes gelungen, ihn noch zur rechten Zeit von diesem Abgrund zurückzuziehen – aber, außerdem daß ich mit dem Innern des Bucentauro erst lange nachher bekannt worden bin, als das Übel schon geschehen war, so hatte mich schon zu Anfang dieser Periode ein dringender Vorfall aus Venedig abgerufen. Auch Mylord Seymor, eine schätzbare Bekanntschaft des Prinzen, dessen kalter Kopf jeder Art von Täuschung widerstand und der ihm unfehlbar zu einer sichern Stütze hätte dienen können, verließ uns zu dieser Zeit, um in sein Vaterland zurückzukehren. Diejenigen, in deren Händen ich den Prinzen ließ, waren zwar redliche, aber unerfahrne und in ihrer Religion äußerst beschränkte Menschen, denen es sowohl an der Einsicht in das Übel als an Ansehen bei dem Prinzen fehlte. Seinen verfänglichen Sophismen wußten sie nichts als die Machtsprüche eines blinden ungeprüften Glaubens entgegenzusetzen, die ihn entweder aufbrachten oder belustigten; er übersah sie gar zu leicht, und sein überlegner Verstand brachte diese schlechten Verteidiger der guten Sache bald zum Schweigen. Den andern, die sich in der Folge seines Vertrauens bemächtigten, war es vielmehr darum zu tun, ihn immer tiefer darein zu versenken. Als ich im folgenden Jahre wieder nach Venedig zurückkam – wie anders fand ich da schon alles!

Der Einfluß dieser neuen Philosophie zeigte sich bald in des Prinzen Leben. Je mehr er zusehends in Venedig Glück machte und neue Freunde sich erwarb, desto mehr fing er an, bei seinen ältern Freunden zu verlieren. Mir gefiel er von Tag zu Tage weniger, auch sahen wir uns seltener, und überhaupt war er weniger zu haben. Der Strom der großen

Welt hatte ihn gefaßt. Nie wurde seine Schwelle leer, wenn er zu Hause war. Eine Lustbarkeit drängte die andre, ein Fest das andre, eine Glückseligkeit die andre. Er war die Schöne, um welche alles buhlte, der König und der Abgott aller Zirkel. So schwer er sich in der vorigen Stille seines beschränkten Lebens den großen Weltlauf gedacht hatte, so leicht fand er ihn nunmehr zu seinem Erstaunen. Es kam ihm alles so entgegen, alles war trefflich, was von seinen Lippen kam, und wenn er schwieg, so war es ein Raub an der Gesellschaft. Auch machte ihn dieses ihn überall verfolgende Glück, dieses allgemeine Gelingen, wirklich zu etwas *mehr*, als er in der Tat war, weil es ihm Mut und Zuversicht zu ihm selbst gab. Die erhöhte Meinung, die er dadurch von seinem eignen Wert erlangte, gab ihm Glauben an die übertriebene und beinahe abgöttische Verehrung, die man seinem Geiste widerfahren ließ, die ihm, ohne dieses vergrößerte und gewissermaßen gegründete Selbstgefühl, notwendig hätte verdächtig werden müssen. Jetzt aber war diese allgemeine Stimme nur die Bekräftigung dessen, was sein selbstzufriedener Stolz ihm im stillen sagte – ein Tribut, der ihm, wie er glaubte, von Rechts wegen gebührte. Unfehlbar würde er dieser Schlinge entgangen sein, hätte man ihn zu Atem kommen lassen, hätte man ihm nur ruhige Muße gegönnt, seinen eignen Wert mit dem Bilde zu vergleichen, das ihm in einem so lieblichen Spiegel vorgehalten wurde. Aber seine Existenz war ein fortdauernder Zustand von Trunkenheit, von schwebendem Taumel. Je höher man ihn gestellt hatte, desto mehr hatte er zu tun, sich auf dieser Höhe zu erhalten: diese immerwährende Anspannung verzehrte ihn langsam; selbst aus seinem Schlaf war die Ruhe geflohen. Man hatte seine Blößen durchschaut und die Leidenschaft gut berechnet, die man in ihm entzündet hatte.

Bald mußten es seine redlichen Kavaliers entgelten, daß ihr Herr zum großen Kopf geworden war. Ernsthafte Empfindungen und ehrwürdige Wahrheiten, an denen sein Herz sonst mit aller Wärme gehangen, fingen nun an, Gegenstände seines Spotts zu werden. An den Wahrheiten der Religion rächte er sich für den Druck, worunter ihn Wahnbegriffe so lange gehalten hatten; aber weil eine nicht zu verfälschende Stimme seines

Herzens die Taumeleien seines Kopfes bekämpfte, so war mehr Bitterkeit als fröhlicher Mut in seinem Witze. Sein Naturell fing an sich zu ändern, Launen stellten sich ein. Die schönste Zierde seines Charakters, seine Bescheidenheit, verschwand; Schmeichler hatten sein treffliches Herz vergiftet. Die schonende Delikatesse des Umgangs, die es seine Kavaliers sonst ganz vergessen gemacht hatte, daß er ihr Herr war, machte jetzt nicht selten einem gebieterischen entscheidenden Tone Platz, der um so empfindlicher schmerzte, weil er nicht auf den äußerlichen Abstand der Geburt, worüber man sich mit leichter Mühe tröstet, und den er selbst wenig achtete, sondern auf eine beleidigende Voraussetzung seiner persönlichen Erhabenheit gegründet war. Weil er zu Hause doch öfters Betrachtungen Raum gab, die ihn im Taumel der Gesellschaft nicht hatten angehen dürfen, so sahen ihn seine eigenen Leute selten anders als finster, mürrisch und unglücklich, während daß er fremde Zirkel mit einer erzwungenen Fröhlichkeit beseelte. Mit teilnehmendem Leiden sahen wir ihn auf dieser gefährlichen Bahn hinwandeln; aber in dem Tumult, durch den er geworfen wurde, hörte er die schwache Stimme der Freundschaft nicht mehr und war jetzt auch noch zu glücklich, um sie zu verstehen.

Schon in den ersten Zeiten dieser Epoche forderte mich eine wichtige Angelegenheit an den Hof meines Souveräns, die ich auch dem feurigsten Interesse der Freundschaft nicht nachsetzen durfte. Eine unsichtbare Hand, die sich mir erst lange nachher entdeckt, hatte Mittel gefunden, meine Angelegenheiten dort zu verwirren und Gerüchte von mir auszubreiten, die ich eilen mußte, durch meine persönliche Gegenwart zu widerlegen. Der Abschied vom Prinzen ward mir schwer, aber ihm war er desto leichter. Schon seit geraumer Zeit waren die Bande erschlafft, die ihn an mich gekettet hatten. Aber sein Schicksal hatte meine ganze Teilnehmung erweckt; ich ließ mir deswegen von dem Baron von F*** versprechen, mich durch schriftliche Nachrichten damit in Verbindung zu erhalten, was er auch aufs gewissenhafteste gehalten hat. Von jetzt an bin ich also auf lange Zeit kein Augenzeuge dieser Begebenheiten mehr: man erlaube mir, den Baron von F*** an meiner Statt aufzuführen und diese Lücke durch Auszüge aus seinen Briefen zu ergänzen. Ungeachtet die Vorstellungsart meines Freundes F*** nicht immer die meinige ist, so habe ich dennoch an seinen Worten nichts ändern wollen, aus denen der Leser die Wahrheit mit wenig Mühe herausfinden wird.

*Baron von F*** an den Grafen von O***

Erster Brief

Mai 17**

Dank Ihnen, sehr verehrter Freund, daß Sie mir die Erlaubnis erteilt haben, auch abwesend den vertrauten Umgang mit Ihnen fortzusetzen, der während Ihres Hierseins meine beste Freude ausmachte. Hier, das wissen Sie, ist niemand, gegen den ich es wagen dürfte, mich über gewisse Dinge herauszulassen – was Sie mir auch dagegen sagen mögen, dieses Volk ist mir verhaßt. Seitdem der Prinz einer davon geworden ist, und seitdem vollends Sie uns entrissen sind, bin ich mitten in dieser volkreichen Stadt verlassen. Z*** nimmt es leichter, und die Schönen in Venedig wissen ihm die Kränkungen vergessen zu machen, die er zu Hause mit mir teilen muß. Und was hätte er sich auch darüber zu grämen? Er sieht und verlangt in dem Prinzen nichts als einen Herrn, den er überall findet – aber ich! Sie wissen, wie nahe ich das Wohl und Weh unsers Prinzen an meinem Herzen fühle, und wie sehr ich Ursache dazu habe. Sechzehn Jahre sind's, daß ich um seine Person lebe, daß ich nur für ihn lebe. Als ein neunjähriger Knabe kam ich in seine Dienste, und seit dieser Zeit hat mich kein Schicksal von ihm getrennt. Unter seinen Augen bin ich geworden; ein langer Umgang hat mich ihm zugebildet; alle seine großen und kleinen Abenteuer hab' ich mit ihm bestanden. Ich lebe in seiner Glückseligkeit. Bis auf dieses unglückliche Jahr hab' ich nur meinen Freund, meinen ältern Bruder in ihm gesehen, wie in einem heitern Sonnenschein hab' ich in seinen Augen gelebt – keine Wolke trübte mein Glück; und alles dies soll mir nun in diesem unseligen Venedig zu Trümmern gehen!

Seitdem Sie von uns sind, hat sich allerlei bei uns verändert. Der Prinz von **d** ist vorige Woche mit einer zahlreichen Suite hier angelangt und hat unserm Zirkel ein neues tumultuarisches Leben gegeben. Da er und unser Prinz so nahe verwandt sind und jetzt auf einem ziemlich guten Fuß zusammen stehen, so werden sie sich während seines hiesigen Aufenthalts, der, wie ich höre, bis zum Himmelfahrtsfeste dauern soll, wenig voneinander trennen. Der Anfang ist schon bestens gemacht; seit zehen Tagen ist der Prinz kaum zu Atem gekommen. Der Prinz von **d** hat es gleich sehr hoch angefangen, und das mochte er immer, da er sich bald wieder entfernt; aber das Schlimme dabei ist, er hat unsern Prinzen damit angesteckt, weil der sich nicht wohl davon ausschließen konnte und bei dem besondern Verhältnis, das zwischen beiden Häusern obwaltet, dem bestrittenen Range des seinigen hier etwas schuldig zu sein glaubte. Dazu kommt, daß in wenigen Wochen auch unser Abschied von Venedig herannaht; wodurch er ohnehin überhoben wird, diesen außerordentlichen Aufwand in die Länge fortzuführen.

Der Prinz von **d**, wie man sagt, ist in Geschäften des ***Ordens hier, wobei er sich einbildet, eine wichtige Rolle zu spielen. Daß er von allen Bekanntschaften unsers Prinzen sogleich Besitz genommen haben werde, können Sie sich leicht einbilden. In den Bucentauro besonders ist er mit Pomp eingeführt worden, da es ihm seit einiger Zeit beliebt hat, den witzigen Kopf und den starken Geist zu spielen, wie er sich denn auch in seinen Korrespondenzen, deren er in alle Weltgegenden unterhält, nur den Prince philosophe nennen läßt. Ich weiß nicht, ob Sie je das Glück gehabt haben, ihn zu sehen. Ein vielversprechendes Äußere, beschäftigte Augen, eine Miene voll Kunstverständigkeit, viel Prunk von Lektüre, viel erworbene Natur (vergönnen Sie mir dieses Wort) und eine fürstliche Herablassung zu Menschengefühlen, dabei eine heroische Zuversicht auf sich selbst und eine alles niedersprechende Beredsamkeit. Wer könnte bei so glänzenden Eigenschaften einer K. H. seine Huldigung versagen? Wie indessen der stille, wortarme und gründliche Wert unsers Prinzen neben dieser schreienden Vortrefflichkeit auskommen wird, muß der Ausgang lehren.

In unsrer Einrichtung sind seit der Zeit viele und große Veränderungen geschehen. Wir haben ein neues prächtiges Haus, der neuen Prokuratie gegenüber, bezogen, weil es dem Prinzen im „Mohren“ zu eng wurde. Unsere Suite hat sich um zwölf Köpfe vermehrt, Pagen, Mohren, Heiducken u. d. m. – alles geht jetzt ins Große. Sie haben während Ihres Hierseins über Aufwand geklagt – jetzt sollten Sie erst sehen!

Unsre innern Verhältnisse sind noch die alten – außer daß der Prinz, der durch Ihre Gegenwart nicht mehr in Schranken gehalten wird, wo möglich noch einsilbiger und frostiger gegen uns geworden ist, und das wir ihn jetzt außer dem An- und Auskleiden wenig haben. Unter dem Vorwand, daß wir das Französische schlecht und das Italienische gar nicht reden, weiß er uns von seinen mehresten Gesellschaften auszuschließen, wodurch er mir für meine Person eben keine große Kränkung antut; aber ich glaube, das Wahre davon einzusehen: er schämt sich unserer – und das schmerzt mich, das haben wir nicht verdient.

Von unsern Leuten (weil Sie doch alle Kleinigkeiten wissen wollen) bedient er sich jetzt fast ganz allein des Biondello, den er, wie Sie wissen, nach Entweichung unsers Jägers in seine Dienste nahm und der ihm jetzt bei dieser neuen Lebensart ganz unentbehrlich geworden ist. Der Mensch kennt alles in Venedig, und alles weiß er zu gebrauchen. Es ist nicht anders, als wenn er tausend Augen hätte, tausend Hände in Bewegung setzen könnte. Er bewerkstellige dieses mit Hülfe der Gondoliers, sagt er. Dem Prinzen kommt er dadurch ungemein zustatten, daß er ihn vorläufig mit allen neuen Gesichtern bekannt macht, die diesem in seinen Gesellschaften vorkommen; und die geheimen Notizen, die er gibt, hat der Prinz immer richtig befunden. Dabei spricht und schreibt er das Italienische und das Französische vortrefflich, wodurch er sich auch bereits zum Sekretär des Prinzen aufgeschwungen hat. Einen Zug von uneigennütziger Treue muß ich Ihnen doch erzählen, der bei einem Menschen dieses Standes in der Tat selten ist. Neulich ließ ein angesehener Kaufmann aus Rimini bei dem Prinzen um Gehör ansuchen. Der Gegenstand war eine sonderbare Beschwerde über Biondello. Der Prokurator, sein voriger Herr, der ein wunderlicher Heiliger gewesen sein mochte, hatte mit seinen Verwandten in unversöhnlicher Feindschaft gelebt, die ihn auch, wo möglich, noch überleben sollte. Sein ganzes ausschließendes Vertrauen hatte Biondello, bei dem er alle Geheimnisse niederzulegen pflegte; dieser mußte ihm noch am Todbette angeloben, sie heilig zu bewahren und zum Vorteil der Verwandten niemals Gebrauch davon zu machen; ein ansehnliches Legat sollte ihn für diese Verschwiegenheit belohnen. Als man sein Testament eröffnete und seine Papiere durchsuchte, fanden sich große Lücken und Verwirrungen, worüber Biondello allein den Aufschluß geben konnte. Dieser leugnete hartnäckig, daß er etwas wisse, ließ den Erben das sehr beträchtliche Legat und behielt seine Geheimnisse. Große Erbietungen wurden ihm von seiten der Verwandten getan, aber alle vergeblich; endlich, um ihren Zudringen zu entgehen, weil sie drohten, ihn rechtlich zu belangen, begab er sich bei dem Prinzen in Dienste. An diesen wandte sich nun der Haupterbe, dieser Kaufmann, und tat noch größere Erbietungen, als die schon geschehen waren, wenn Biondello seinen Sinn ändern wollte. Aber auch die Fürsprache des Prinzen war umsonst. Diesem gestand er zwar, daß ihm wirklich dergleichen Geheimnisse anvertraut wären, er leugnete auch nicht, daß der Verstorbene im Haß gegen seine Familie vielleicht zu weit gegangen sei; „aber," setzte er hinzu, „er war mein guter Herr und mein Wohltäter, und im festen Vertrauen auf meine Redlichkeit starb er hin. Ich war der einzige Freund, den er auf der Welt verließ – um so weniger darf ich seine einzige Hoffnung hintergehen." Zugleich ließ er merken, daß diese Eröffnungen dem Andenken seines verstorbenen Herrn nicht sehr zur Ehre gereichen dürften. Ist das nicht fein gedacht und edel? Auch können Sie leicht denken, daß der Prinz nicht sehr darauf beharrte, ihn in einer so löblichen Gesinnung wankend zu machen. Diese seltene Treue, die er gegen seinen verstorbenen Herrn bewies, hat ihm das uneingeschränkte Vertrauen des lebenden gewonnen.

Leben Sie glücklich, liebster Freund. Wie sehne ich mich nach dem stillen Leben zurück, in welchem Sie uns hier fanden, und wofür Sie uns so angenehm entschädigten! Ich fürchte, meine guten Zeiten in Venedig sind vorbei, und Gewinn genug, wenn von dem Prinzen nicht das nämliche wahr ist. Das Element, worin er jetzt lebt, ist dasjenige nicht, worin er in die Länge glücklich sein kann, oder eine sechzehnjährige Erfahrung müßte mich betrügen. Leben Sie wohl.

*Baron von F*** an den Grafen von O***

Zweiter Brief

18. Mai.

Hätt' ich doch nicht gedacht, daß unser Aufenthalt in Venedig noch zu irgend etwas gut sein würde! Er hat einem Menschen das Leben gerettet, ich bin mit ihm ausgesöhnt.

Der Prinz ließ sich neulich bei später Nacht aus den Bucentauro nach Hause tragen, zwei Bediente, unter denen Biondello war, begleiteten ihn. Ich weiß nicht, wie es zugeht, die Sänfte, die man in der Eile aufgerafft hatte, zerbricht, und der Prinz sieht sich genötigt, den Rest des Wegs zu Fuße zu machen. Biondello geht voran, der Weg führte durch einige dunkle abgelegene Straßen, und da es nicht weit mehr von Tages Anbruch war, so brannten die Lampen dunkel oder waren schon ausgegangen. Eine Viertelstunde mochte man gegangen sein, als Biondello die Entdeckung machte, daß er verirrt sei. Die Ähnlichkeit der Brücken hatte ihn getäuscht, und anstatt in St. Markus überzusetzen, befand man sich im Sestiere von Castello. Es war in einer der abgelegensten Gassen und nichts Lebendes weit und breit; man mußte umkehren, um sich in einer Hauptstraße zu orientieren. Sie sind nur wenige Schritte gegangen, als nicht weit von ihnen in einer Gasse ein Mordgeschrei erschallt. Der Prinz, unbewaffnet wie er war, reißt einem Bedienten den Stock aus den Händen, und mit dem entschlossenen Mut, den Sie an ihm kennen, nach der Gegend zu, woher diese Stimme erschallte. Drei fürchterliche Kerls sind eben im Begriff, einen vierten niederzustoßen, der sich mit seinem Begleiter nur noch schwach verteidigt; der Prinz erscheint noch eben zu rechter Zeit, um den tödlichen Stich zu hindern. Sein und der Bedienten Rufen bestürzt die Mörder, die sich an einem so abgelegenen Ort auf keine Überraschung versehen hatten, daß sie nach einigen leichten Dolchstichen von ihrem Manne ablassen und die Flucht ergreifen. Halb ohnmächtig und vom Ringen erschöpft, sinkt der Verwundete in den Arm des Prinzen; sein Begleiter entdeckt diesem, daß er den Marchese von Civitella, den Neffen des Kardinals A***i, gerettet habe. Da der Marchese viel Blut verlor, so machte Biondello, so gut er konnte, in der Eile den Wundarzt, und der Prinz trug Sorge, daß er nach dem Palast seines Oheims geschafft wurde, der am nächsten gelegen war und wohin er ihn selbst begleitete. Hier verließ er ihn in der Stille und ohne sich zu erkennen gegeben zu haben.

Aber durch einen Bedienten, der Biondello erkannt hatte, ward er verraten. Gleich den folgenden Morgen erschien der Kardinal, eine alte Bekanntschaft aus dem Bucentauro. Der Besuch dauerte eine Stunde; der Kardinal war in großer Bewegung, als sie heraus kamen, Tränen standen in seinen Augen, auch der Prinz war gerührt. Noch an dem selben Abend wurde bei dem Kranken ein Besuch abgestattet, von dem der Wundarzt übrigens das Beste versichert. Der Mantel, in den er gehüllt war, hatte die Stöße unsicher gemacht und ihre Stärke gebrochen. Seit diesem Vorfall verstrich kein Tag, an welchem der Prinz nicht im Hause des Kardinals Besuche gegeben oder empfangen hätte, und eine starke Freundschaft fängt an, sich zwischen ihm und diesem Hause zu bilden.

Der Kardinal ist ein ehrwürdiger Sechziger, majestätisch von Ansehn, voll Heiterkeit und frischer Gesundheit. Man hält ihn für einen der reichsten Prälaten im ganzen Gebiete der Republik. Sein unermeßliches Vermögen soll er noch sehr jugendlich verwalten und bei einer vernünftigen Sparsamkeit keine Weltfreude verschmähen. Dieser Neffe ist sein einziger Erbe, der aber mit seinem Oheim nicht immer im besten Vernehmen stehen soll. So wenig der Alte ein Feind des Vergnügens ist, so soll doch die Aufführung des Neffen auch die höchste Toleranz erschöpfen. Seine freien Grundsätze und seine zügellose Lebensart, unglücklicherweise durch alles unterstützt, was Laster schmücken und die Sinnlichkeit hinreißen kann, machen ihn zum Schrecken aller Väter und zum Fluch aller Ehemänner; auch diesen letzten Angriff soll er sich, wie man behauptet, durch eine Intrige zugezogen haben, die er mit der Gemahlin des **schen Gesandten angesponnen hatte; anderer schlimmen

Händel nicht zu gedenken, woraus ihn das Ansehen und das Geld des Kardinals nur mit Mühe hat retten können. Dieses abgerechnet, wäre letzterer der beneidetste Mann in ganz Italien, weil er alles besitzt, was das Leben wünschenswürdig machen kann. Mit diesem einzigen Familienleiden nimmt das Glück alle seine Gaben zurück und vergällt ihm den Genuß seines Vermögens durch die immerwährende Furcht, keinen Erben dazu zu finden.

Alle diese Nachrichten habe ich von Biondello. In diesem Menschen hat der Prinz einen wahren Schatz erhalten. Mit jedem Tage macht er sich unentbehrlicher, mit jedem Tage entdecken wir irgendein neues Talent an ihm. Neulich hatte sich der Prinz erhitzt und konnte nicht einschlafen. Das Nachtlicht ward ausgelöscht, und kein Klingeln konnte den Kammerdiener erwecken, der außer dem Hause seinen Liebschaften nachgegangen war. Der Prinz entschließt sich also, selbst aufzustehen, um einen seiner Leute zu errufen. Er ist noch nicht weit gegangen, als ihm von ferne eine liebliche Musik entgegenschallt. Er geht wie bezaubert dem Schall nach und findet Biondello auf seinem Zimmer auf der Flöte blasend, seine Kameraden um ihn her. Er will seinen Augen, seinen Ohren nicht trauen und befiehlt ihm fortzufahren. Mit einer bewundernswürdigen Leichtigkeit extemporiert dieser nun dasselbe schmelzende Adagio mit den glücklichsten Variationen und allen Feinheiten eines Virtuosen. Der Prinz, der ein Kenner ist, wie Sie wissen, behauptet, daß er sich getrost in der besten Kapelle hören lassen dürfte.

„Ich muß diesen Menschen entlassen," sagte er mir den Morgen darauf; „ich bin unvermögend, ihn nach Verdienst zu belohnen." Biondello, der diese Worte aufgefangen hatte, trat herzu. "Gnädigster Herr," sagte er, „wenn Sie das tun, so rauben Sie mir meine beste Belohnung."

„Du bist zu etwas Besserm bestimmt, als zu dienen," sagte mein Herr. „Ich darf dir nicht vor deinem Glücke sein."

„Dringen Sie mir doch kein anderes Glück auf, gnädigster Herr, als das ich mir selbst gewählt habe."

„Und ein solches Talent zu vernachlässigen – Nein! Ich darf es nicht zugeben."

„So erlauben Sie mir, gnädigster Herr, daß ich es zuweilen in Ihrer Gegenwart übe."

Und dazu wurden auch sogleich die Anstalten getroffen. Biondello erhielt ein Zimmer zunächst am Schlafgemach seines Herrn, wo er ihn mit Musik in den Schlummer wiegen und mit Musik daraus erwecken kann. Seinen Gehalt wollte der Prinz verdoppeln, welches er aber verbat, mit der Erklärung: der Prinz möchte ihm erlauben diese zugedachte Gnade als ein Kapital bei ihm zu deponieren, welches er vielleicht in kurzer Zeit nötig haben würde zu erheben. Der Prinz erwartet nunmehr, daß er nächstens kommen werde, um etwas zu bitten; und was es auch sein möge, es ist ihm zum voraus gewährt. Leben Sie wohl, liebster Freund. Ich erwarte mit Ungeduld Nachrichten aus K***n.

*Baron von F*** an den Grafen von O***

Dritter Brief

4. Junius.

Der Marchese von Civitella, der von seinen Wunden nun ganz wiederhergestellt ist, hat sich vorige Woche durch seinen Onkel, den Kardinal, bei dem Prinzen einführen lassen, und seit diesem Tage folgt er ihm wie sein Schatten. Von diesem Marchese hat mir Biondello doch nicht die Wahrheit gesagt, wenigstens hat er sie weit übertrieben. Ein sehr liebenswürdiger Mensch von Ansehn und unwiderstehlich im Umgang. Es ist nicht möglich, ihm gram zu sein; der erste Anblick hat mich erobert. Denken Sie sich die bezauberndste Figur, mit Würde und Anmut getragen, ein Gesicht voll Geist und Seele, eine offne einladende Miene, einen einschmeichelnden Ton der Stimme, die fließendste Beredsamkeit, die blühendste Jugend mit allen Grazien der feinsten Erziehung vereinigt. Er hat gar nichts von dem geringschätzigen Stolz, von der feierlichen Steifheit, die uns an den übrigen Nobili so unerträglich fällt. Alles an ihm atmet jugendliche Frohherzigkeit, Wohlwollen, Wärme des Gefühls.

Seine Ausschweifungen muß man mir weit übertrieben haben, nie sah ich ein vollkommneres, schöneres Bild der Gesundheit. Wenn er wirklich so schlimm ist, als mir Biondello sagt, so ist es eine Sirene, der kein Mensch widerstehen kann.

Gegen mich war er gleich sehr offen. Er gestand mir mit der angenehmsten Treuherzigkeit, daß er bei seinem Onkel, dem Kardinal, nicht am besten angeschrieben stehe und es auch wohl verdient haben möge. Er sei aber ernstlich entschlossen, sich zu bessern, und das Verdienst davon würde ganz dem Prinzen zufallen. Zugleich hoffe er, durch diesen mit seinem Onkel wieder ausgesöhnt zu werden, weil der Prinz alles über den Kardinal vermöge. Es habe ihm bis jetzt nur an einem Freunde und Führer gefehlt, und beides hoffe er sich in dem Prinzen zu erwerben.

Der Prinz bedient sich auch aller Rechte eines Führers gegen ihn und behandelt ihn mit der Wachsamkeit und Strenge eines Mentors. Aber eben dieses Verhältnis gibt auch ihm gewisse Rechte an dem Prinzen, die er sehr gut geltend zu machen weiß. Er kommt ihm nicht mehr von der Seite, er ist bei allen Partien, an denen der Prinz teilnimmt; für den Bucentauro ist er – und das ist sein Glück! bis jetzt nur zu jung gewesen. Überall, wo er sich mit dem Prinzen einfindet, entführt er diesen der Gesellschaft, durch die feine Art, womit er ihn zu beschäftigen und auf sich zu ziehen weiß. Niemand, sagen sie, habe ihn bändigen können, und der Prinz verdiene eine Legende, wenn ihm dieses Riesenwerk gelänge. Ich fürchte aber sehr, das Blatt möchte sich vielmehr wenden und der Führer bei seinem Zögling in die Schule gehen, wozu sich auch bereits alle Umstände anzulassen scheinen.

Der Prinz von **d** ist nun abgereist, und zwar zu unserm allerseitigen Vergnügen, auch meinen Herrn nicht ausgenommen. Was ich vorausgesagt habe, liebster O**, ist auch richtig eingetroffen. Bei so entgegengesetzten Charakteren, bei so unvermeidlichen Kollisionen konnte dieses gute Vernehmen auf die Dauer nicht bestehen. Der Prinz von **d** war nicht lange in Venedig, so entstand ein bedenkliches *Schisma* in der spirituellen Welt, das unsern Prinzen in

Gefahr setzte, die Hälfte seiner bisherigen Bewunderer zu verlieren. Wo er sich nur sehen ließ, fand er diesen Nebenbuhler in seinem Wege, der gerade die gehörige Dosis kleiner List und selbstgefälliger Eitelkeit besaß, um jeden noch so kleinen Vorteil geltend zu machen, den ihm der Prinz über sich gab. Weil ihm zugleich alle kleinliche Kunstgriffe zu Gebote standen, deren Gebrauch dem Prinzen ein edles Selbstgefühl untersagte, so konnte es nicht fehlen, daß er nicht in kurzer Zeit die Schwachköpfe auf seiner Seite hatte und an der Spitze einer Partie prangte, die seiner würdig war. Das Vernünftigste wäre freilich wohl gewesen, mit einem Gegner dieser Art sich in gar keinen Wettkampf einzulassen, und einige Monate früher wäre dies gewiß die Partie gewesen, welche der Prinz ergriffen hätte. Jetzt aber war er schon zu weit in den Strom gerissen, um das Ufer so schnell wieder erreichen zu können. Diese Nichtigkeiten hatten, wenn auch nur durch die Umstände, einen gewissen Wert bei ihm erlangt, und hätte er sie auch wirklich verachtet, so erlaubte ihm sein Stolz nicht, ihnen in einem Zeitpunkte zu entsagen, wo sein Nachgeben weniger für einen freiwilligen Entschluß als für ein Geständnis seiner Niederlage würde gegolten haben. Das unselige Hin- und Widerbringen schneidender Reden von beiden Seiten kam dazu, und der Geist von Rivalität, der seine Anhänger erhitzte, hatte auch ihn ergriffen. Um also seine Eroberungen zu bewahren, um sich auf dem schlüpfrigen Platze zu erhalten, den ihm die Meinung der Welt angewiesen hatte, glaubte er die Gelegenheiten häufen zu müssen, wo er glänzen und verbinden konnte, und dies konnte nur durch einen fürstlichen Aufwand erreicht werden; daher ewige Feste und Gelage, kostbare Konzerte, Präsente und hohes Spiel. Und weil sich diese seltsame Raserei bald auch der beiderseitigen Suite und Dienerschaft mitteilte, die, wie Sie wissen, über den Artikel der Ehre noch weit wachsamer zu halten pflegt als ihre Herrschaft, so mußte er dem guten Willen seiner Leute durch seine Freigebigkeit zu Hülfe kommen, Eine ganze lange Kette von Armseligkeiten, alles unvermeidliche Folgen einer einzigen ziemlich verzeihlichen Schwachheit, von der sich der Prinz in einem unglücklichen Augenblick überschleichen ließ!

Den Nebenbuhler sind wir zwar nun los, aber was er verdorben hat, ist nicht so leicht wieder gutzumachen. Des Prinzen Schatulle ist erschöpft; was er durch eine weise Ökonomie seit Jahren erspart hat, ist dahin; wir müssen eilen, aus Venedig zu kommen, wenn er sich nicht in Schulden stürzen soll, wovor er sich bis jetzt auf das sorgfältigste gehütet hat. Die Abreise ist auch fest beschlossen, sobald nur erst frische Wechsel da sind.

Möchte indes aller dieser Aufwand gemacht sein, wenn mein Herr nur eine einzige Freude dabei gewonnen hätte! Aber nie war er weniger glücklich als jetzt! Er fühlt, daß er nicht ist, was er sonst war – er sucht sich selbst – er ist unzufrieden mit sich selbst und stürzt sich in neue Zerstreuungen, um den Folgen der alten zu entfliehen. Eine neue Bekanntschaft folgt auf die andre, die ihn immer tiefer hineinreißt. Ich sehe nicht, wie das noch werden soll. Wir müssen fort – hier ist keine andre Rettung –, wir müssen fort aus Venedig.

Aber, liebster Freund, noch immer keine Zeile von Ihnen! Wie muß ich dieses lange hartnäckige Schweigen mir erklären?

*Baron von F*** an den Grafen von O***

Vierter Brief

12. Junius.

Haben Sie Dank, liebster Freund, für das Zeichen Ihres Andenkens, das mir der junge B***hl von Ihnen überbrachte. Aber was sprechen Sie darin von Briefen, die ich erhalten haben soll? Ich habe keinen Brief von Ihnen erhalten, nicht eine Zeile. Welchen weiten Umweg müssen die genommen haben! Künftig, liebster O**, wenn Sie mich mit Briefen beehren, senden sie solche über Trient und unter der Adresse meines Herrn.

Endlich haben wir den Schritt doch tun müssen, liebster Freund, den wir bis jetzt so glücklich vermieden haben. – Die Wechsel sind ausgeblieben, jetzt in diesem dringendsten Bedürfnis zum erstenmal ausgeblieben, und wir waren in die Notwendigkeit gesetzt, unsre Zuflucht zu einem Wucherer zu nehmen, weil der Prinz das Geheimnis gern etwas teurer bezahlt. Das Schlimmste an diesem unangenehmen Vorfall ist. daß er unsre Abreise verzögert.

Bei dieser Gelegenheit kam es zu einigen Erläuterungen zwischen mir und dem Prinzen. Das ganze Geschäft war durch Biondellos Hände gegangen, und der Ebräer war da, eh' ich etwas davon ahndete. Den Prinzen zu dieser Extremität gebracht zu sehen, preßte mir das Herz und machte alle Erinnerungen der Vergangenheit, alle Schrecken für die Zukunft in mir lebendig, daß ich freilich etwas grämlich und düster ausgesehen haben mochte, als der Wucherer hinaus war. Der Prinz, den der vorhergehende Auftritt ohnehin sehr reizbar gemacht hatte, ging mit Unmut im Zimmer auf und nieder, die Rollen lagen noch auf dem Tische, ich stand am Fenster und beschäftigte mich, die Scheiben in der Prokuratie zu zählen, es war eine lange Stille; endlich brach er los.

„F***!“ fing er an: „Ich kann keine finstern Gesichter um mich leiden.“

Ich schwieg.

„Warum antworten Sie mir nicht? – Seh' ich nicht, daß es Ihnen das Herz abdrücken will, Ihren Verdruß auszugießen? Und ich will haben, daß Sie reden. Sie dürften sonst wunder glauben, was für weise Dinge Sie verschweigen.“

„Wenn ich finster bin, gnädigster Herr,“ sagte ich, "so ist es nur, weil ich *Sie* nicht heiter sehe.“

„Ich weiß,“ fuhr er fort, „daß ich Ihnen nicht recht bin – schon seit geraumer Zeit – daß alle meine Schritte mißbilligt werden – daß – Was schreibt der Graf von O**?“

„Der Graf von O** hat mir nichts geschrieben.“

„Nichts? Was wollen Sie es leugnen? Sie haben Herzensergießungen zusammen – Sie und der Graf! Ich weiß es recht gut. Aber gestehen Sie mir's immer. Ich werde mich nicht in Ihre Geheimnisse eindringen.“

„Der Graf von O**,“ sagte ich, „hat mir von drei Briefen, die ich ihm schrieb, noch den ersten zu beantworten.“

„Ich habe Unrecht getan," fuhr er fort. „Nicht wahr?" (eine Rolle ergreifend) – „Ich hätte das nicht tun sollen?"

„Ich sehe wohl ein, daß dies *notwendig* war."

„Ich hätte mich nicht in die Notwendigkeit setzen sollen?"

Ich schwieg.

„Freilich! Ich hätte mich mit meinen Wünschen nie über *das* hinauswagen sollen und darüber zum Greis werden, wie ich zum Mann geworden bin! Weil ich aus der traurigen Einförmigkeit meines bisherigen Lebens einmal herausgehe und herumschaue, ob sich nicht irgend anderswo eine Quelle des Genusses für mich öffnet – weil ich –"

„Wenn es ein Versuch war, gnädigster Herr, dann hab' ich nichts mehr zu sagen – dann sind die Erfahrungen, die er Ihnen verschafft haben wird, mit noch dreimal soviel nicht zu teuer erkauft. Es tat mir weh, ich gesteh' es, daß die Meinung der Welt über eine Frage, *wie* Sie glücklich sein sollen, zu entscheiden haben sollte."

„Wohl Ihnen, daß Sie sie verachten können, die Meinung der Welt! Ich bin ihr Geschöpf, ich muß ihr Sklave sein. Was sind wir anders als Meinung? Alles an uns Fürsten ist Meinung. Die Meinung ist unsre Amme und Erzieherin in der Kindheit, unsre Gesetzgeberin und Geliebte in männlichen Jahren, unsre Krücke im Alter. Nehmen Sie uns, was wir von der Meinung haben, und der Schlechteste aus den übrigen Klassen ist besser daran als wir; denn sein Schicksal hat ihm doch zu einer Philosophie verholfen, welche ihn über dieses Schicksal tröstet. Ein Fürst, der die Meinung verlacht, hebt sich selbst auf, wie der Priester, der das Dasein eines Gottes leugnet."

„Und dennoch, gnädigster Prinz –"

„Ich weiß, was Sie sagen wollen. Ich kann den Kreis überschreiten, den meine Geburt um mich gezogen hat – aber kann ich auch alle Wahnbegriffe aus meinem Gedächtnis herausreißen, die Erziehung und frühe Gewohnheit darein gepflanzt und hunderttausend Schwachköpfe unter euch immer fester und fester darin gegründet haben? Jeder will doch gern *ganz* sein, was *er ist*, und unsre Existenz ist nun einmal, *glücklich scheinen*. Weil wir es nicht *sein* können, auf eure Weise, sollen wir es darum gar nicht sein? Wenn wir die Freude aus ihrem reinen Quell unmittelbar nicht mehr schöpfen dürfen, sollen wir uns auch nicht mit einem künstlichen Genuß hintergehen, nicht von eben der Hand, die uns beraubte, eine schwache Entschädigung empfangen dürfen?"

„Sonst fanden Sie *diese* in Ihrem Herzen."

„Wenn ich sie nun nicht mehr darin finde? – Oh, wie kommen wir darauf? Warum mußten Sie diese Erinnerungen in mir aufwecken? – Wenn ich nun eben zu diesem Sinnentumult meine Zuflucht nahm, um eine innere Stimme zu betäuben, die das Unglück meines Lebens macht – um diese grübelnde Vernunft zur Ruhe zu bringen, die wie eine schneidende Sichel in meinem Gehirn hin- und herfährt und mit jeder neuen Forschung einen neuen Zweig meiner Glückseligkeit zerschneidet?"

„Mein bester Prinz!" – Er war aufgestanden und ging im Zimmer herum, in ungewöhnlicher Bewegung.

„Wenn alles vor mir und hinter mir versinkt – die Vergangenheit im traurigen Einerlei wie ein Reich der Versteinerung hinter mir liegt – wenn die Zukunft mir nichts bietet – wenn ich meines Daseins ganzen Kreis im schmalen Raume der Gegenwart beschlossen sehe – wer verargt es mir, daß ich dies magre Geschenk der Zeit – den Augenblick – feurig und unersättlich wie einen Freund, den ich zum letzten Male sehe, in meine Arme schließe?"

„Gnädigster Herr, sonst glaubten Sie an ein bleibenderes Gut –"

„Oh, machen Sie, daß mir das Wolkenbild halte, und ich will meine glühenden Arme darum schlagen. Was für Freude kann es mir geben, Erscheinungen zu beglücken, die morgen dahin sein werden wie ich? – Ist nicht alles Flucht um mich herum? Alles stößt sich und drängt seinen Nachbarn weg, aus dem Quell des Daseins einen Tropfen eilends zu trinken und lechzend davon zugehen. Jetzt in dem Augenblicke, wo ich meiner Kraft mich freue, ist schon ein werdendes Leben an meine

Zerstörung angewiesen. Zeigen Sie mir etwas, das dauert, so will ich tugendhaft sein."

„Was hat denn die wohltätigen Empfindungen verdrängt, die einst der Genuß und die Richtschnur Ihres Lebens waren? Saaten für die Zukunft zu pflanzen, einer hohen ewigen Ordnung zu dienen –"

„Zukunft! Ewige Ordnung! – Nehmen wir hinweg, was der Mensch aus seiner eigenen Brust genommen und seiner eingebildeten Gottheit als Zweck, der Natur als Gesetz untergeschoben hat – was bleibt uns dann übrig? – Was mir vorherging und was mir folgen wird, sehe ich als zwei schwarze und undurchdringliche Decken an, die an beiden Grenzen des menschlichen Lebens herunterhangen und welche noch kein Lebender aufgezogen hat. Schon viele hundert Generationen stehen mit der Fackel davor und raten, was etwa dahinter sein möchte. Viele sehen ihren eigenen Schatten, die Gestalten ihrer Leidenschaft, vergrößert auf der Decke der Zukunft sich bewegen und fahren schaudernd vor ihrem eigenen Bilde zusammen. Dichter, Philosophen und Staatenstifter haben sie mit ihren Träumen bemalt, lachender oder finstrer, wie der Himmel über ihnen trüber oder heiterer war; und von weitem täuschte die Perspektive. Auch manche Gaukler nützten diese allgemeine Neugier und setzten durch seltsame Vermummungen die gespannten Phantasien in Erstaunen. Eine tiefe Stille herrscht hinter dieser Decke; keiner, der einmal dahinter ist, antwortet hinter ihr hervor; alles, was man hörte, war ein hohler Widerschall der Frage, als ob man in eine Gruft gerufen hätte. Hinter diese Decke müssen alle, und mit Schaudern fassen sie sie an, ungewiß, wer wohl dahinter stehe und sie in Empfang nehmen werde; quid sit id, quod tantum perituri vident. Freilich gab es auch Ungläubige darunter, die behaupteten, daß diese Decke die Menschen nur narre und daß man nichts beobachtet hätte, weil auch nichts dahinter sei; aber um sie zu überweisen, schickte man sie eilig dahinter."

„Ein rascher Schluß war es immer, wenn sie keinen bessern Grund hatten, als weil sie nichts sahen."

„Sehen Sie nun, lieber Freund, ich bescheide mich gern, nicht hinter diese Decke blicken zu wollen – und das Weiseste wird doch wohl sein, mich von aller Neugier zu entwöhnen. Aber indem ich diesen unüberschreitbaren Kreis um mich ziehe und mein ganzes Sein in die Schranken der Gegenwart einschließe, wird mir dieser kleine Fleck desto wichtiger, den ich schon über eiteln Eroberungsgedanken zu vernachlässigen in Gefahr war. Das, was Sie den Zweck meines Daseins nennen, geht mich jetzt nichts mehr an. Ich kann mich ihm nicht entziehen, ich kann ihm nicht nachhelfen; ich weiß aber und glaube fest, daß ich einen solchen Zweck erfüllen muß und erfülle. Ich bin einem Boten gleich, der einen versiegelten Brief an den Ort seiner Bestimmung trägt. Was er enthält, kann ihm einerlei sein – er hat nichts als seinen Botenlohn dabei zu verdienen."

„O wie arm lassen Sie mich stehen!"

„Aber wohin haben wir uns verirret?" rief jetzt der Prinz aus, indem er lächelnd auf den Tisch sah, wo die Rollen lagen. „Und doch nicht so sehr verirret!" setzte er hinzu – „denn vielleicht werden Sie mich jetzt in dieser neuen Lebensart wieder finden. Auch ich konnte mich nicht so schnell von dem eingebildeten Reichtum entwöhnen, die Stützen meiner Moralität und meiner Glückseligkeit nicht so schnell von dem lieblichen Traume ablösen, mit welchem alles, was bis jetzt in mir gelebt hatte, so fest verschlungen war. Ich sehnte mich nach dem Leichtsinne, der das Dasein der mehresten Menschen um mich her erträglich macht. Alles, was mich mir selbst entführte, war mir willkommen. Soll ich es Ihnen gestehn? Ich wünschte zu *sinken*, um diese Quelle meines Leidens auch mit der Kraft dazu zu zerstören."

Hier unterbrach uns ein Besuch – Künftig werde ich Sie von einer Neuigkeit unterhalten, die Sie wohl schwerlich auf ein Gespräch wie das heutige erwarten dürften. Leben Sie wohl.

*Baron von F*** an den Grafen von O***

Fünfter Brief

1. Julius.

Da unser Abschied von Venedig nunmehr mit starken Schritten herannahet, so sollte diese Woche noch dazu angewandt werden, alles Sehenswürdige an Gemälden und Gebäuden noch nachzuholen, was man bei einem langen Aufenthalt immer verschiebt. Besonders hatte man uns mit vieler Bewunderung von der Hochzeit zu Kana des Paul Veronese gesprochen, die auf der Insel St. Georg in einem dortigen Benediktinerkloster zu sehen ist. Erwarten Sie von mir keine Beschreibung dieses außerordentlichen Kunstwerks, das mir im ganzen zwar einen sehr überraschenden, aber nicht sehr genußreichen Anblick gegeben hat. Wir hätten so viele Stunden als Minuten gebraucht, um eine Komposition von hundert und zwanzig Figuren zu umfassen, die über dreißig Fuß in der Breite hat. Welches menschliche Auge kann ein so zusammengesetztes Ganze erreichen und die ganze Schönheit, die der Künstler darin verschwendet hat, in *einem* Eindruck genießen! Schade ist es indessen, daß ein Werk von diesem Gehalte, das an einem öffentlichen Orte glänzen und von jedermann genossen werden sollte, keine bessere Bestimmung hat, als eine Anzahl Mönche in ihrem Refektorium zu vergnügen. Auch die Kirche dieses Klosters verdient nicht weniger gesehen zu werden. Sie ist eine der schönsten in dieser Stadt.

Gegen Abend ließen wir uns in die Giudecca überfahren, um dort in den reizenden Gärten einen schönen Abend zu verleben. Die Gesellschaft, die nicht sehr groß war, zerstreute sich bald, und mich zog Civitella, der schon den ganzen Tag über Gelegenheit gesucht hatte, mich zu sprechen, mit sich in eine Boskage.

„Sie sind der Freund des Prinzen," fing er an, „vor dem er keine Geheimnisse zu haben pflegt, wie ich von sehr guter Hand weiß. Als ich heute in sein Hotel trat, kam ein Mann heraus, dessen Gewerbe mir bekannt ist – und auf des Prinzen Stirne standen Wolken, als ich zu ihm hereintrat." – Ich wollte ihn unterbrechen – „Sie können es nicht leugnen," fuhr er fort, „ich kannte meinen Mann, ich hab' ihn sehr gut ins Auge gefaßt – Und wär' es möglich? Der Prinz hätte Freunde in Venedig, Freunde, die ihm mit Blut und Leben verpflichtet sind, und sollte dahin gebracht sein, in einem dringenden Falle sich solcher Kreaturen zu bedienen? Seien Sie aufrichtig, Baron! – Ist der Prinz in Verlegenheit? – Sie bemühen sich umsonst, es zu verbergen. Was ich von Ihnen nicht erfahre, ist mir bei meinem Manne gewiß, dem jedes Geheimnis feil ist."

„Herr Marchese –"

„Verzeihen Sie. Ich muß indiskret scheinen, um nicht ein Undankbarer zu werden. Dem Prinzen dank' ich Leben und, was mir weit über das Leben geht, einen vernünftigen Gebrauch des Lebens. Ich sollte den Prinzen Schritte tun sehen, die ihm kosten, die unter seiner Würde sind; es stände in meiner Macht, sie ihm zu ersparen, und ich sollte mich leidend dabei verhalten?"

„Der Prinz ist nicht in Verlegenheit," sagte ich. „Einige Wechsel, die wir über Trient erwarteten, sind uns unvermutet ausgeblieben. Zufällig ohne Zweifel – oder weil man, in Ungewißheit wegen seiner Abreise, noch eine nähere Weisung von ihm erwartete. Dies ist nun geschehen, und bis dahin –"

Er schüttelte den Kopf. „Verkennen Sie meine Absicht nicht," sagte er. „Es kann hier nicht davon die Rede sein, meine Verbindlichkeit gegen den Prinzen dadurch zu vermindern – würden alle Reichtümer meines Onkels dazu hinreichen? Die Rede ist davon, ihm einen einzigen unangenehmen Augenblick zu ersparen. Mein Oheim besitzt ein großes Vermögen, worüber ich so gut als über mein Eigentum disponieren kann. Ein glücklicher Zufall führt mir den einzigen möglichen Fall entgegen, daß dem Prinzen von allem, was in meiner Gewalt stehet, etwas nützlich werden kann. Ich weiß," fuhr er fort, „was die Delikatesse dem Prinzen auflegt – aber sie ist auch gegenseitig –, und es wäre großmütig von dem Prinzen gehandelt, mir diese kleine Genugtuung zu gönnen, geschäh' es auch nur zum Scheine – um mir die Last von Verbindlichkeit, die mich niederdrückt, weniger fühlbar zu machen."

Er ließ nicht nach, bis ich ihm versprochen hatte, mein möglichstes dabei zu tun; ich kannte den Prinzen und hoffte darum wenig. Alle Bedingungen wollte er sich von dem letztern gefallen lassen, wiewohl er gestand, daß es ihn empfindlich kränken würde, wenn ihn der Prinz auf dem Fuß eines Fremden behandelte.

Wir hatten uns in der Hitze des Gesprächs weit von der übrigen Gesellschaft verloren und waren eben auf dem Rückweg, als Z*** uns entgegen kam.

„Ich suche den Prinzen bei Ihnen – ist er nicht hier?“

„Eben wollen wir zu ihm. Wir vermuteten, ihn bei der übrigen Gesellschaft zu finden –“

„Die Gesellschaft ist beisammen, aber *er* ist nirgends anzutreffen. Ich weiß gar nicht, wie er uns aus den Augen gekommen ist."

Hier erinnerte sich Civitella, daß ihm vielleicht eingefallen sein könnte, die anstoßende Kirche zu besuchen, auf die er ihn kurz vorher sehr aufmerksam gemacht hatte. Wir machten uns sogleich auf den Weg, ihn dort aufzusuchen. Schon von weitem entdeckten wir Biondello, der am Eingang der Kirche wartete. Als wir näher kamen, trat der Prinz etwas hastig aus einer Seitentüre; sein Gesicht glühte, seine Augen suchten Biondello, den er herbeirief. Er schien ihm etwas sehr angelegentlich zu befehlen, wobei er immer die Augen auf die Türe richtete, die offen geblieben war. Biondello eilte schnell von ihm in die Kirche – der Prinz, ohne uns gewahr zu werden, drückte sich an uns vorbei, durch die Menge, und eilte zur Gesellschaft zurück, wo er noch vor uns anlangte.

Es wurde beschlossen, in einem offenen Pavillon dieses Gartens das Souper einzunehmen, wozu der Marchese ohne unser Wissen ein kleines Konzert veranstaltet hatte, das ganz auserlesen war. Besonders ließ sich eine junge Sängerin dabei hören, die uns alle durch ihre liebliche Stimme wie durch ihre reizende Figur entzückte. Auf den Prinzen schien nichts Eindruck zu machen; er sprach wenig und antwortete zerstreut, seine Augen waren unruhig nach der Gegend gekehrt, woher Biondello kommen mußte; eine große Bewegung schien in seinem Innern vorzugehen. Civitella fragte, wie ihm die Kirche gefallen hätte; er wußte nichts davon zu sagen. Man sprach von einigen vorzüglichen Gemälden, die sie merkwürdig machten; er hatte keine Gemälde gesehen. Wir merkten, daß unsere Fragen ihn belästigten, und schwiegen. Eine Stunde verging nach der andern, und Biondello kam noch immer nicht. Des Prinzen Ungeduld stieg aufs höchste; er hob die Tafel frühzeitig auf und ging in einer abgelegenen Allee ganz allein mit starken Schritten auf und nieder. Niemand begriff, was ihm begegnet sein mochte. Ich wagte es nicht, ihn um die Ursache einer so seltsamen Veränderung zu befragen; es ist schon lange, daß ich mir die vorigen Vertraulichkeiten nicht mehr bei ihm herausnehme. Mit desto mehr Ungeduld erwartete ich Biondellos Zurückkunft, der mir dieses Rätsel aufklären sollte.

Es war nach zehn Uhr, als er wiederkam. Die Nachrichten, die er dem Prinzen mitbrachte, trugen nichts dazu bei, diesen gesprächiger zu machen. Mißmutig trat er zur Gesellschaft, die Gondel wurde bestellt, und bald darauf fuhren wir nach Hause.

Den ganzen Abend konnte ich keine Gelegenheit finden, Biondello zu sprechen; ich mußte mich also mit meiner unbefriedigten Neugierde schlafen legen. Der Prinz hatte uns frühzeitig entlassen; aber tausend Gedanken, die mir durch den Kopf gingen, erhielten mich munter. Lange hört' ich ihn über meinem Schlafzimmer auf und nieder gehen; endlich überwältigte mich der Schlaf. Spät nach Mitternacht erweckte mich eine Stimme – eine Hand fuhr über mein Gesicht; wie ich aufsah, war es der Prinz, der, ein Licht in der Hand, vor meinem Bette stand. Er könne nicht einschlafen, sagte er und bat mich, ihm die Nacht verkürzen zu helfen. Ich wollte mich in meine Kleider werfen – er befahl mir zu bleiben, und setzte sich zu mir vor das Bette.

„Es ist mir heute etwas vorgekommen," fing er an, „davon der Eindruck aus meinem Gemüte nie mehr verlöschen wird. Ich ging von Ihnen, wie Sie wissen, in die ***kirche, worauf mich Civitella neugierig gemacht, und die schon von ferne meine Augen auf sich gezogen hatte. Weil weder Sie noch er mir gleich zur Hand waren, so machte ich die wenigen Schritte allein; Biondello ließ ich am Eingange auf mich warten. Die Kirche war ganz leer – eine schaurigkühle Dunkelheit umfing mich, als ich aus dem schwülen, blendenden Tageslicht hineintrat. Ich sah mich einsam in dem weiten Gewölbe, worin eine feierliche Grabstille herrschte. Ich stellte mich in die Mitte des Doms und überließ mich der ganzen Fülle dieses Eindrucks; allmählich traten die großen Verhältnisse dieses majestätischen Baues meinen Augen bemerkbarer hervor, ich verlor mich in ernster ergetzender Betrachtung. Die Abendglocke tönte über mir, ihr Ton verhallte sanft in diesem Gewölbe wie in meiner Seele. Einige Altarstücke hatten von weitem meine Aufmerksamkeit erweckt; ich trat näher, sie zu betrachten; unvermerkt hatte ich diese ganze Seite der Kirche bis zum entgegenstehenden Ende durchwandert. Hier lenkt man um einen Pfeiler einige Treppen hinauf in eine Nebenkapelle, worin mehrere kleinere Altäre und Statuen von Heiligen in Nischen angebracht stehen. Wie ich in die Kapelle zur Rechten hineintrete – höre ich nahe an mir ein zartes Wispern, wie wenn jemand leise spricht – ich wende mich nach dem Tone, und – zwei Schritte von mir fällt mir eine weibliche Gestalt in die Augen – – Nein! ich kann sie nicht nachschildern, diese Gestalt! – Schrecken war meine erste Empfindung, die aber bald dem süßesten Hinstaunen Platz machte."

„Und diese Gestalt, gnädigster Herr – wissen Sie auch gewiß, daß sie etwas Lebendiges war, etwas Wirkliches, kein bloßes Gemälde, kein Gesicht Ihrer Phantasie?"

„Hören Sie weiter – Es war eine Dame – Nein! Ich hatte bis auf diesen Augenblick dies Geschlecht nie gesehen! – Alles war düster ringsherum, nur durch ein einziges Fenster fiel der untergehende Tag in die Kapelle, die Sonne war nirgends mehr als auf dieser Gestalt. Mit unaussprechlicher Anmut – halb kniend, halb liegend – war sie vor einem Altar hingegossen – der gewagteste, lieblichste, gelungenste Umriß, einzig und unnachahmlich, die schönste Linie in der Natur. Schwarz war ihr Gewand, das sich spannend um den reizendsten Leib, um die niedlichsten Arme schloß und in weiten Falten, wie eine spanische Robe, um sie breitete; ihr langes, lichtblondes Haar, in zwei breite Flechten geschlungen, die durch ihre Schwere losgegangen und unter dem Schleier hervorgedrungen waren, floß in reizender Unordnung weit über den Rücken hinab – eine Hand lag an dem Kruzifixe, und sanft hinsinkend ruhte sie auf der andern. Aber wo finde ich Worte, Ihnen das himmlisch schöne Angesicht zu beschreiben, wo eine Engelseele, wie auf ihrem Thronensitz, die ganze Fülle ihrer Reize ausbreitete? Die Abendsonne spielte darauf, und ihr luftiges Gold schien es mit einer künstlichen Glorie zu umgeben. Können Sie sich die Madonna unsers Florentiners zurückrufen? – Hier war sie ganz, ganz bis auf die unregelmäßigen Eigenheiten, die ich an jenem Bilde so anziehend, so unwiderstehlich fand."

Mit der Madonna, von der der Prinz hier spricht, verhält es sich so. Kurz nachdem Sie abgereiset waren, lernte er einen florentinischen Maler hier kennen, der nach Venedig berufen worden war, um für eine Kirche, deren ich mich nicht mehr entsinne, ein Altarblatt zu malen. Er hatte drei andere Gemälde mitgebracht, die er für die Galerie im Cornarischen Palaste bestimmt hatte. Die Gemälde waren eine Madonna, eine Heloise und eine fast ganz unbekleidete Venus – alle drei von ausnehmender Schönheit und am Werte einander so gleich, daß es beinahe unmöglich war, sich für eines von den dreien ausschließend zu entscheiden. Nur der Prinz blieb nicht einen Augenblick unschlüssig; man hatte sie kaum vor ihm ausgestellt, als das Madonnastück seine ganze Aufmerksamkeit an sich zog; in den beiden übrigen wurde das Genie des Künstlers bewundert, bei diesem vergaß er den Künstler und seine Kunst, um ganz im Anschauen seines Werks zu leben. Er war ganz wunderbar davon gerührt; er konnte sich von dem Stücke kaum losreißen. Der Künstler, dem man wohl ansah, daß er das Urteil des Prinzen im Herzen bekräftigte, hatte den Eigensinn, die drei Stücke nicht trennen zu wollen, und forderte 1500 Zechinen für alle. Die Hälfte bot ihm der Prinz für dieses einzige an – der Künstler bestand auf seiner Bedingung, und wer weiß, was noch geschehen wäre, wenn sich nicht ein entschlossener Käufer gefunden hätte. Zwei Stunden darauf waren alle drei Stücke weg; wir haben sie nicht mehr gesehen. Dieses Gemälde kam dem Prinzen jetzt in Erinnerung.

„Ich stand," fuhr er fort, „ich stand in ihrem Anblick verloren. Sie bemerkte mich nicht, sie ließ sich durch meine Dazwischenkunft nicht stören, so ganz war sie in ihrer Andacht vertieft. Sie betete zu ihrer Gottheit, und ich betete zu ihr – Ja, ich betete sie an – Alle diese Bilder der Heiligen, diese Altäre, diese brennenden Kerzen hatten mich nicht daran erinnert; jetzt zum erstenmal ergriff mich's, als ob ich in einem Heiligtum wäre. Soll ich es Ihnen gestehen? Ich glaubte in diesem Augenblick felsenfest an den, den ihre schöne Hand umfaßt hielt. Ich las ja seine Antwort in ihren Augen. Dank ihrer reizenden Andacht! Sie machte mir ihn wirklich – ich folgte ihr nach durch alle seine Himmel.

„Sie stand auf, und jetzt erst kam ich wieder zu mir selbst. Mit schüchterner Verwirrung wich ich auf die Seite; das Geräusch, das ich machte, entdeckte mich ihr. Die unvermutete Nähe eines Mannes mußte sie überraschen, meine Dreistigkeit konnte sie beleidigen; keines von beiden war in dem Blicke, womit sie mich ansah. Ruhe, unaussprechliche Ruhe war darin, und ein gütiges Lächeln spielte um ihre Wangen. Sie kam aus ihrem Himmel – und ich war das erste glückliche Geschöpf, das sich ihrem Wohlwollen anbot. Sie schwebte noch auf der letzten Sprosse des Gebets – sie hatte die Erde noch nicht berührt.

„In einer andern Ecke der Kapelle regte es sich nun auch. Eine ältliche Dame war es, die dicht hinter mir von einem Kirchstuhle aufstand. Ich hatte sie bis jetzt nicht wahrgenommen. Sie war nur wenige Schritte von mir, sie hatte alle meine Bewegungen gesehen. Dies bestürzte mich – ich schlug die Augen zu Boden, und man rauschte an mir vorüber.

„Ich sahe sie den langen Kirchgang hinuntergehen. Die schöne Gestalt ist aufgerichtet – Welche liebliche Majestät! Welcher Adel im Gange! Das vorige Wesen ist es nicht mehr – neue Grazien – eine ganz neue Erscheinung. Langsam gehen sie hinab. Ich folge von weitem und schüchtern, ungewiß, ob ich es wagen soll, sie einzuholen? ob ich es nicht soll? – Wird sie mir keinen Blick mehr schenken? Schenkte sie mir einen Blick, da sie an mir vorüberging und ich die Augen nicht zu ihr aufschlagen konnte? – O wie marterte mich dieser Zweifel!

„Sie stehen stille, und ich – kann keinen Fuß von der Stelle setzen. Die ältliche Dame, ihre Mutter, oder was sie ihr sonst war, bemerkt die Unordnung in den schönen Haaren und ist geschäftig, sie zu verbessern, indem sie ihr den Sonnenschirm zu halten gibt. O wie viel Unordnung wünschte ich diesen Haaren, wie viel Ungeschicklichkeit diesen Händen!

„Die Toilette ist gemacht, und man nähert sich der Türe. Ich beschleunige meine Schritte – Eine Hälfte der Gestalt verschwindet – und wieder eine – nur noch der Schatten ihres zurückfliegenden Kleides – Sie ist weg – Nein, sie kommt wieder. Eine Blume entfiel ihr, sie bückt sich nieder, sie aufzuheben – sie sieht noch einmal zurück und – nach mir? – Wen sonst kann ihr Auge in diesen toten Mauern suchen? Also war ich ihr kein fremdes Wesen mehr – auch mich hat sie zurückgelassen, wie ihre Blume – Lieber F***, ich schäme mich, es Ihnen zu sagen, wie kindisch ich diesen Blick auslegte, der – vielleicht nicht einmal mein war!"

Über das letzte glaubte ich den Prinzen beruhigen zu können.

„Sonderbar," fuhr der Prinz nach einem tiefen Stillschweigen fort, „kann man etwas nie gekannt, nie vermißt haben und einige Augenblicke später nur in diesem einzigen leben? Kann ein einziger Moment den Menschen in zwei so ungleichartige Wesen zertrennen? Es wäre mir ebenso unmöglich, zu den Freuden und Wünschen des gestrigen Morgens als zu den Spielen meiner Kindheit zurückzukehren, seit ich *das* sah, seitdem dieses Bild hier wohnet – dieses lebendige, mächtige Gefühl in mir: Du kannst nichts mehr lieben als *das*, und in dieser Welt wird nichts anders mehr auf dich wirken."

„Denken Sie nach, gnädigster Herr, in welcher reizbaren Stimmung Sie waren, als diese Erscheinung sie überraschte, und wie vieles zusammenkam, Ihre Einbildungskraft zu spannen. Aus dem hellen blendenden Tageslicht, aus dem Gewühle der Straße plötzlich in diese stille Dunkelheit versetzt – ganz den Empfindungen hingegeben, die, wie Sie selbst gestehen, die Stille, die Majestät dieses Orts in Ihnen rege machte – durch Betrachtung schöner Kunstwerke für Schönheit überhaupt empfänglicher gemacht – zugleich allein und einsam Ihrer

Meinung nach – und nun auf einmal – in der Nähe – von einer Mädchengestalt überrascht, wo Sie sich keines Zeugen versahen – von einer Schönheit, wie ich Ihnen gerne zugebe, die durch eine vorteilhafte Beleuchtung, eine glückliche Stellung, einen Ausdruck begeisterter Andacht noch mehr erhoben ward – was war natürlicher, als das Ihre entzündete Phantasie sich etwas Idealisches, etwas überirdisch Vollkommenes daraus zusammensetzte?"

„Kann die Phantasie etwas geben, was sie nie empfangen hat? – und im ganzen Gebiete meiner Darstellung ist nichts, was ich mit diesem Bilde zusammenstellen könnte. Ganz und unverändert, wie im Augenblicke des Schauens, liegt es in meiner Erinnerung; ich habe nichts als dieses Bild – aber Sie könnten mir eine Welt dafür bieten!"

„Gnädigster Prinz, das ist Liebe."

„Muß es denn notwendig ein Name sein, unter welchem ich glücklich bin? Liebe! – Erniedrigen Sie meine Empfindung nicht mit einem Namen, den tausend schwache Seelen mißbrauchen! Welcher andere hat gefühlt, was ich fühle? Ein solches Wesen war noch nicht vorhanden – wie kann der Name früher da sein als die Empfindung? Es ist ein neues, einziges Gefühl, neu entstanden mit diesem neuen einzigen Wesen, und für dieses Wesen nur möglich ! – Liebe! Vor der Liebe bin ich sicher!"

„Sie verschickten Biondello – ohne Zweifel, um die Spur Ihrer Unbekannten zu verfolgen, um Erkundigungen von ihr einzuziehen? Was für Nachrichten brachte er Ihnen zurück?"

„Biondello hat nichts entdeckt – so viel als gar nichts. Er fand sie noch an der Kirchtüre. Ein bejahrter, anständig gekleideter Mann, der eher einem hiesigen Bürger als einem Bedienten gleich sah, erschien, sie nach der Gondel zu begleiten. Eine Anzahl Armer stellte sich in Reihen, wie sie vorüberging, und verließ sie mit sehr vergnügter Miene. Bei dieser Gelegenheit, sagte Biondello, wurde eine Hand sichtbar, woran einige kostbare Steine blitzten. Mit ihrer Begleiterin sprach sie einiges, das Biondello nicht verstand; er behauptet, es sei Griechisch gewesen. Da sie eine ziemliche Strecke nach dem Kanal zu gehen hatten, so fing schon etwas Volk an, sich zu sammeln; das Außerordentliche des Anblicks brachte alle Vorübergehende zum Stehen. Niemand kannte sie – aber die Schönheit ist eine geborne Königin. Alles machte ihr ehrerbietig Platz. Sie ließ einen schwarzen Schleier über das Gesicht fallen, der das halbe Gewand bedeckte, und eilte in die Gondel. Längs dem ganzen Kanal der Giudecca behielt Biondello das Fahrzeug im Gesicht, aber es weiter zu verfolgen, hinderte ihn das Gedränge."

„Aber den Gondolier hat er sich doch gemerkt, um diesen wenigstens wiederzuerkennen?"

„Den Gondolier getraut er sich ausfündig zu machen; doch ist es keiner von denen, mit denen er Verkehr hat. Die Armen, die er ausfragte, konnten ihm weiter keinen Bescheid geben, als daß Signora sich schon seit einigen Wochen und immer sonnabends hier zeige und noch allemal ein Goldstück unter sie verteilt habe. Es war ein holländischer Dukaten, den er eingewechselt und mir überbracht hat."

„Eine Griechin also, und von Stande, wie es scheint, von Vermögen wenigstens, und wohltätig. Das wäre fürs erste genug, gnädigster Herr – genug und fast zu viel! Aber eine Griechin und in einer katholischen Kirche!"

„Warum nicht? Sie kann ihren Glauben verlassen haben. Überdies – etwas Geheimnisvolles ist es immer. – Warum die Woche nur einmal? Warum nur sonnabends in dieser Kirche, wo diese gewöhnlich verlassen sein soll, wie mir Biondello sagt? – Spätestens der kommende Sonnabend muß dies entscheiden. Aber bis dahin, lieber Freund, helfen Sie mir, diese Kluft von Zeit überspringen! Aber umsonst! Tage und Stunden gehen ihren gelassenen Schritt, und mein Verlangen hat Flügel!"

„Und wenn dieser Tag nun erscheint – was dann, gnädigster Herr? Was soll dann geschehen?"

„Was geschehen soll? – Ich werde sie sehen. Ich werde ihren Aufenthalt erforschen. Ich werde erfahren, wer sie ist. – Wer sie ist? – Was kann mich dieses bekümmern? *Was ich sah*, machte mich glücklich, also weiß ich ja schon alles, was mich glücklich machen kann!"

„Und unsere Abreise aus Venedig, die auf den Anfang kommenden Monats festgesetzt ist?"

„Konnte ich im voraus wissen, daß Venedig noch einen solchen Schatz für mich einschließe? – Sie fragen mich aus meinem gestrigen Leben. Ich sage Ihnen, daß ich nur von heute an bin und sein will."

Jetzt glaubte ich, die Gelegenheit gefunden zu haben, dem Marchese Wort zu halten. Ich machte dem Prinzen begreiflich, daß sein längeres Bleiben in Venedig mit dem geschwächten Zustande seiner Kasse durchaus nicht bestehen könne, und daß, im Fall er seinen Aufenthalt über den zugestandenen Termin verlängerte, auch von seinem Hofe nicht sehr auf Unterstützung würde zu rechnen sein. Bei dieser Gelegenheit erfuhr ich, was mir bis jetzt ein Geheimnis gewesen, daß ihm von seiner Schwester, der regierenden *** von ***, ausschließend vor seinen übrigen Brüdern und heimlich, ansehnliche Zuschüsse bezahlt werden, die sie gerne bereit sei zu verdoppeln, wenn sein Hof ihn im Stiche ließe. Diese Schwester, eine fromme Schwärmerin, wie Sie wissen, glaubt die großen Ersparnisse, die sie bei einem sehr eingeschränkten Hofe macht, nirgends besser aufgehoben als bei einem Bruder, dessen weise Wohltätigkeit sie kennt und den sie enthusiastisch verehrt. Ich wußte zwar schon längst, daß zwischen beiden ein sehr genaues Verhältnis stattfindet, auch viele Briefe gewechselt werden; aber weil sich der bisherige Aufwand des Prinzen aus den bekannten Quellen hinlänglich bestreiten ließ, so war ich auf die verborgene Hülfsquelle nie gefallen. Es ist also klar, daß der Prinz Ausgaben gehabt hat, die mir ein Geheimnis waren und es noch jetzt sind; und wenn ich aus seinem übrigen Charakter schließen darf, so sind es gewiß keine andere, als die ihm zur Ehre gereichen. Und ich konnte mir einbilden, ihn ergründet zu haben? – Um so weniger glaubte ich nach dieser Entdeckung anstehen zu dürfen, ihm das Anerbieten des Marchese zu offenbaren – welches zu meiner nicht geringen Verwunderung ohne alle Schwierigkeit angenommen wurde. Er gab mir Vollmacht, diese Sache mit dem Marchese auf die Art, welche ich für die beste hielt, abzutun und dann sogleich mit dem Wucherer aufzuheben. An seine Schwester sollte unverzüglich geschrieben werden.

Es war Morgen, als wir auseinander gingen. So unangenehm mir dieser Vorfall aus mehr als einer Ursache ist und sein muß, so ist doch das Allerverdrüßlichste daran, daß er unsern Aufenthalt in Venedig zu verlängern droht. Von dieser anfangenden Leidenschaft erwarte ich viel mehr Gutes als Schlimmes. Sie ist vielleicht das kräftigste Mittel, den Prinzen von seinen metaphysischen Träumereien wieder zur ordinären Menschheit herabzuziehen: sie wird, hoffe ich, die gewöhnliche Krise haben und, wie eine künstliche Krankheit, auch die alte mit sich hinwegnehmen.

Leben Sie wohl, liebster Freund. Ich habe Ihnen alles dies nach frischer Tat hingeschrieben. Die Post geht sogleich; Sie werden diesen Brief mit dem vorhergehenden an einem Tage erhalten.

*Baron von F*** an den Grafen von O***

Sechster Brief

20.Julius.

Dieser Civitella ist doch der dienstfertigste Mensch von der Welt. Der Prinz hatte mich neulich kaum verlassen, als schon ein Billet von dem Marchese erschien, worin mir die Sache aufs dringendste empfohlen wurde. Ich schickte ihm sogleich eine Verschreibung in des Prinzen Namen auf 6000 Zechinen; in weniger als einer halben Stunde folgte sie zurück nebst der doppelten Summe, in Wechseln sowohl als barem Gelde. In diese Erhöhung der Summe willigte endlich auch der Prinz; die Verschreibung aber, die nur auf sechs Wochen gestellt war, mußte angenommen werden.

Diese ganze Woche ging in Erkundigungen nach der geheimnisvollen Griechin hin. Biondello setzte alle seine Maschinen in Bewegung, bis jetzt aber war alles vergeblich. Den Gondolier machte er zwar ausfündig; aus diesem war aber nichts weiter herauszubringen, als daß er die beiden Damen auf der Insel Murano ausgesetzt habe, wo zwei Sänften auf sie gewartet hätten, in die sie gestiegen seien. Er machte sie zu Engländerinnen, weil sie eine fremde Sprache gesprochen und ihn mit

Gold bezahlt hätten. Auch ihren Begleiter kenne er nicht; er komme ihm vor wie ein Spiegelfabrikant aus Murano. Nun wußten wir wenigstens, daß wir sie nicht in der Giudecca zu suchen hätten und daß sie aller Wahrscheinlichkeit nach auf der Insel Murano zu Hause sei; aber das Unglück war, daß die Beschreibung, welche der Prinz von ihr machte, schlechterdings nicht dazu taugte, sie einem Dritten kenntlich zu machen. Gerade die leidenschaftliche Aufmerksamkeit, womit er ihren Anblick gleichsam verschlang, hatte ihn gehindert, sie zu *sehen*; für alles das, worauf andere Menschen ihr Augenmerk vorzüglich würden gerichtet haben, war er ganz blind gewesen; nach seiner Schilderung war man eher versucht, sie im Ariost oder Tasso als auf einer venezianischen Insel zu suchen. Außerdem mußte diese Nachfrage mit größter Vorsicht geschehen, um kein anstößiges Aufsehen zu erregen. Weil Biondello außer dem Prinzen der einzige war, der sie, durch den Schleier wenigstens, gesehen hatte und also wiedererkennen konnte, so suchte er, wo möglich an allen Orten, wo sie vermutet werden konnte, zu gleicher Zeit zu sein; das Leben des armen Menschen war diese ganze Woche über nichts als ein beständiges Rennen durch alle Straßen von Venedig. In der griechischen Kirche besonders wurde keine Nachforschung gespart, aber alles mit gleich schlechtem Erfolge; und der Prinz, dessen Ungeduld mit jeder fehlgeschlagenen Erwartung stieg, mußte sich endlich doch noch auf den nächsten Sonnabend vertrösten.

Seine Unruhe war schrecklich. Nichts zerstreute ihn, nichts vermochte ihn zu fesseln. Sein ganzes Wesen war in fieberischer Bewegung, für alle Gesellschaft war er verloren, und das Übel wuchs in der Einsamkeit. Nun wurde er gerade nie mehr von Besuchen belagert als eben in dieser Woche. Sein naher Abschied war angekündigt, alles drängte sich herbei. Man mußte diese Menschen beschäftigen, um ihre argwöhnische Aufmerksamkeit von ihm abzuziehen; man mußte *ihn* beschäftigen, um seinen Geist zu zerstreuen. In diesem Bedrängnis verfiel Civitella auf das Spiel, und um die Menge wenigstens zu entfernen, sollte hoch gespielt werden. Zugleich hoffte er, bei dem Prinzen einen vorübergehenden Geschmack an dem Spiele zu erwecken, der diesen romanhaften Schwung seiner Leidenschaften bald ersticken, und den man immer in der Gewalt haben würde, ihm wieder zu benehmen. „Die Karten," sagte Civitella, „haben mich vor mancher Torheit bewahrt, die ich im Begriff war zu begehen, manche wiedergutgemacht, die schon begangen war. Die Ruhe, die Vernunft, um die mich ein Paar schöne Augen brachten, habe ich oft am Pharotisch wiedergefunden, und nie hatten die Weiber mehr Gewalt über mich, als wenn mir's an Geld gebrach, um zu spielen."

Ich lasse dahingestellt sein, inwieweit Civitella recht hatte – aber das Mittel, worauf wir gefallen waren, fing bald an, noch gefährlicher zu werden als das Übel, dem es abhelfen sollte. Der Prinz, der dem Spiel nur allein durch hohes Wagen einen flüchtigen Reiz zu geben wußte, fand bald keine Grenzen mehr darin. Er war einmal aus seiner Ordnung. Alles, was er tat, nahm eine leidenschaftliche Gestalt an; alles geschah mit der ungeduldigen Heftigkeit, die jetzt in ihm herrschte. Sie kennen seine Gleichgültigkeit gegen das Geld; hier wurde sie zur gänzlichen Unempfindlichkeit. Goldstücke zerrannen wie Wassertropfen in seinen Händen. Er verlor fast ununterbrochen, weil er ganz und gar ohne Aufmerksamkeit spielte. Er verlor ungeheure Summen, weil er wie ein verzweifelter Spieler wagte. – Liebster O**, mit Herzklopfen schreib' ich es nieder – in vier Tagen waren die 12 000 Zechinen – und noch darüber verloren.

Machen Sie mir keine Vorwürfe. Ich klage mich selbst genug an. Aber konnt' ich es hindern? Hörte mich der Prinz? Konnte ich etwas anders, als ihm Vorstellungen tun? Ich tat, was in meinem Vermögen stand. Ich kann mich nicht schuldig finden.

Auch Civitella verlor beträchtlich; ich gewann gegen 600 Zechinen. Das beispiellose Unglück des Prinzen machte Aufsehen; um so weniger konnte er jetzt das Spiel verlassen. Civitella, dem man die Freude ansieht, ihn zu verbinden, streckte ihm sogleich die Summe vor. Die Lücke ist zugestopft; aber der Prinz ist dem Marchese 24 000 Zechinen schuldig. O wie sehne ich mich nach dem Spargelde der frommen Schwester! – Sind alle Fürsten so, liebster Freund? Der Prinz beträgt sich nicht anders, als wenn er dem Marchese noch eine große Ehre erwiesen hätte, und dieser – spielt seine Rolle wenigstens gut.

Civitella suchte mich damit zu beruhigen, daß gerade diese Übertreibung, dieses außerordentliche Unglück das kräftigste Mittel sei, den Prinzen wieder zur Vernunft zu bringen. Mit dem Gelde habe es keine Not. Er selbst fühle diese Lücke gar nicht und stehe dem Prinzen jeden Augenblick mit noch dreimal soviel zu Diensten. Auch der Kardinal gab mir die Versicherung, daß die Gesinnung seines Neffen aufrichtig sei und daß er selbst bereitstehe, für ihn zu gewähren.

Das Traurigste war, daß diese ungeheuern Aufopferungen ihre Wirkung nicht einmal erreichten. Man sollte meinen, der Prinz habe wenigstens mit Teilnehmung gespielt. Nichts weniger. Seine Gedanken waren weit weg, und die Leidenschaft, die wir unterdrücken wollten, schien von seinem Unglück im Spiele nur mehr Nahrung zu erhalten. Wenn ein entscheidender Streich geschehen sollte und alles sich voll Erwartung um seinen Spieltisch herum drängte, suchten seine Augen Biondello, um ihm die Neuigkeit, die er etwa mitbrächte, von dem Angesicht zu stehlen. Biondello brachte immer nichts – und das Blatt verlor immer.

Das Geld kam übrigens in sehr bedürftige Hände. Einige Exzellenza, die, wie die böse Welt ihnen nachsagt, ihr frugales Mittagsmahl in der Senatormütze selbst von dem Markte nach Hause tragen, traten als Bettler in unser Haus und verließen es als wohlhabende Leute. Civitella zeigte sie mir. „Sehen Sie,“ sagte er, „wie vielen armen Teufeln es zugute kommt, daß es einem gescheuten Kopf einfällt, nicht bei sich selbst zu sein! Aber das gefällt mir. Das ist fürstlich und königlich! Ein großer Mensch muß auch in seinen Verirrungen noch Glückliche machen und wie ein übertretender Strom die benachbarten Felder befruchten.“

Civitella denkt brav und edel – aber der Prinz ist ihm 24 000 Zechinen schuldig!

Der so sehnlich erwartete Sonnabend erschien endlich, und mein Herr ließ sich nicht abhalten, sich gleich nach Mittag in der ***Kirche einzufinden. Der Platz wurde in eben der Kapelle genommen, wo er seine

Unbekannte das erste Mal gesehen hatte, doch so, daß er ihr nicht sogleich in die Augen fallen konnte. Biondello hatte Befehl, an der Kirchtüre Wache zu stehen und dort mit dem Begleiter der Dame Bekanntschaft anzuknüpfen. Ich hatte auf mich genommen, als ein unverdächtiger Vorübergehender bei der Rückfahrt in derselben Gondel Platz zu nehmen, um die Spur der Unbekannten weiter zu verfolgen, wenn das übrige mißlingen sollte. An demselben Orte, wo sie sich nach des Gondoliers Aussage das vorige Mal hatte aussetzen lassen, wurden zwei Sänften gemietet; zum Überfluß hieß der Prinz noch den Kammerjunker von Z*** in einer besondern Gondel nachfolgen. Der Prinz selbst wollte ganz ihrem Anblick leben und, wenn es anginge, sein Glück in der Kirche versuchen. Civitella blieb ganz weg, weil er bei dem Frauenzimmer in Venedig in zu üblem Rufe steht, um durch seine Einmischung die Dame nicht mißtrauisch zu machen. Sie sehen, liebster Graf, daß es an unsern Anstalten nicht lag, wenn die schöne Unbekannte uns entging.

Nie sind wohl in einer Kirche wärmere Wünsche getan worden als in dieser, und nie wurden sie grausamer getäuscht. Bis nach Sonnenuntergang harrte der Prinz aus, von jedem Geräusche, das seiner Kapelle nahekam, von jedem Knarren der Kirchtüre in Erwartung gesetzt – sieben volle Stunden – und keine Griechin. Ich sage Ihnen nichts von seiner Gemütslage. Sie wissen, was eine fehlgeschlagenen Hoffnung ist – und eine Hoffnung, von der man sieben Tage und sieben Nächte fast einzig gelebt hat.

*Baron von F*** an den Grafen von O***

Siebenter Brief

Julius.

Die geheimnisvolle Unbekannte des Prinzen erinnerte den Marchese Civitella an eine romantische Erscheinung, die ihm selbst vor einiger Zeit vorgekommen war, und um den Prinzen zu zerstreuen, ließ er sich bereitfinden, sie uns mitzuteilen. Ich erzähle sie Ihnen mit seine eignen

Worten. Aber der muntre Geist, womit er alles was er spricht, zu beleben weiß, geht freilich in meinem Vortrage verloren.

„Voriges Frühjahr," erzählte Civitella, „hatte ich das Unglück, den spanischen Ambassadeur gegen mich aufzubringen, der in seinem siebenzigsten Jahr die Torheit begangen hatte, eine achtzehnjährige Römerin für sich allein heiraten zu wollen. Seine Rache verfolgte mich, und meine Freunde rieten mir an, mich durch eine zeitige Flucht den Wirkungen derselben zu entziehen, bis mich entweder die Hand der Natur oder eine gütliche Beilegung von diesem gefährlichen Feind befreit haben würde. Weil es mir aber doch zu schwerfiel, Venedig ganz zu entsagen, so nahm ich meinen Aufenthalt in einem entlegenen Quartier von *Murano*, wo ich unter einem fremden Namen ein einsames Haus bewohnte, den Tag über mich verborgen hielt und die Nacht meinen Freunden und dem Vergnügen lebte.

„Meine Fenster wiesen auf einen Garten, der von der Abendseite an die Ringmauer eines Klosters stieß, gegen Morgen aber wie eine kleine Halbinsel in die Laguna hineinlag. Der Garten hatte die reizendste Anlage, ward aber wenig besucht. Des Morgens, wenn mich meine Freunde verließen, hatte ich die Gewohnheit, ehe ich mich schlafen legte, noch einige Augenblicke am Fenster zuzubringen, die Sonne über dem Golf aufsteigen zu sehen und ihr dann gute Nacht zu sagen. Wenn Sie sich diese Lust noch nicht gemacht haben, gnädigster Prinz, so empfehle ich Ihnen diesen Standort, den ausgesuchtesten vielleicht in ganz Venedig, diese herrliche Erscheinung zu genießen. Eine purpurne Nacht liegt über der Tiefe, und ein goldener Rauch verkündigt sie von fern am Saum der Laguna. Erwartungsvoll ruhen Himmel und Meer. Zwei Winke, so steht sie da, ganz und vollkommen, und alle Wellen brennen – es ist ein entzückendes Schauspiel!

„Eines Morgens, als ich mich nach Gewohnheit der Lust dieses Anblicks überlasse, entdecke ich auf einmal, daß ich nicht der einzige Zeuge desselben bin. Ich glaube, Menschenstimmen im Garten zu vernehmen, und als ich mich nach dem Schall wende, nehme ich eine Gondel wahr, die an der Wasserseite landet. Wenige Augenblicke, so sehe ich Menschen im Garten hervorkommen und mit langsamen Schritten, Spaziergehenden gleich, die Allee heraufwandeln. Ich erkenne, daß es eine Mannsperson und ein Frauenzimmer ist, die einen kleinen Neger bei sich haben. Das Frauenzimmer ist weiß gekleidet, und ein Brillant spielt an ihrem Finger; mehr läßt mich die Dämmerung noch nicht unterscheiden.

„Meine Neugier wird rege. Ganz gewiß ein Rendezvous und ein liebendes Paar – aber an diesem Ort und zu einer so ganz ungewöhnlichen Stunde! – denn kaum war es drei Uhr, und alles lag noch in trübe Dämmerung verschleiert. Der Einfall schien mir neu und zu einem Roman die Anlage gemacht. Ich wollte das Ende erwarten.

„In den Laubgewölben des Gartens verlier' ich sie bald aus dem Gesicht, und es wird lange, bis sie wieder erscheinen. Ein angenehmer Gesang erfüllt unterdessen die Gegend. Er kam von dem Gondolier, der sich auf diese Weise die Zeit in seiner Gondel verkürzte und dem von einem Kameraden aus der Nachbarschaft geantwortet wurde. Es waren Stanzen aus dem Tasso; Zeit und Ort stimmten harmonisch dazu, und die Melodie verklang lieblich in der allgemeinen Stille.

„Mittlerweile war der Tag angebrochen, und die Gegenstände ließen sich deutlicher erkennen. Ich suche meine Leute. Hand in Hand gehen sie jetzt eine breite Allee hinauf und bleiben öfters stehen, aber sie haben den Rücken gegen mich gekehrt, und ihr Weg entfernt sie von meiner Wohnung. Der Anstand ihres Ganges läßt mich auf einen vornehmen Stand, und ein edler engelschöner Wuchs auf eine ungewöhnliche Schönheit schließen. Sie sprachen wenig, wie mir schien, die Dame jedoch mehr als ihr Begleiter. An dem Schauspiel des Sonnenaufgangs, das sich jetzt eben in höchster Pracht über ihnen verbreitete, schienen sie gar keinen Anteil zu nehmen.

„Indem ich meinen Tubus herbeihole und richte, um mir diese sonderbare Erscheinung so nahe zu bringen als möglich, verschwinden sie plötzlich wieder in einem Seitenweg, und eine lange Zeit vergeht, ehe ich sie wieder erblicke. Die Sonne ist nun ganz aufgegangen, sie kommen dicht unter mir vor und sehen mir gerade entgegen. – – – Welche himmlische Gestalt erblicke ich! – War es das Spiel meiner Einbildung, war es die Magie der Beleuchtung? Ich glaubte, ein überirdisches Wesen zu sehen, und mein Auge floh zurück, geschlagen von dem blendenden Licht. – So viel Anmut bei so viel Majestät! So viel Geist und Adel bei so viel blühender Jugend! – Umsonst versuch' ich, es Ihnen zu beschreiben. Ich kannte keine Schönheit vor diesem Augenblick.

„Das Interesse des Gesprächs verweilt sie in meiner Nähe, und ich habe volle Muße, mich in dem wundervollen Anblick zu verlieren. Kaum aber sind meine Blicke auf ihren Begleiter gefallen, so ist selbst diese Schönheit nicht mehr imstande, sie zurückzurufen. Er schien mir ein Mann zu sein in seinen besten Jahren, etwas hager und von großer edler Statur – aber von keiner Menschenstirne strahlte mir noch so viel Geist, so viel Hohes, so viel Göttliches entgegen. Ich selbst, obgleich vor aller Entdeckung gesichert, vermochte es nicht, dem durchbohrenden Blick standzuhalten, der unter den finstern Augenbraunen blitzewerfend hervorschoß. Um seine Augen lag eine stille rührende Traurigkeit, und ein Zug des Wohlwollens um die Lippen milderte den trüben Ernst, der das ganze Gesicht überschattete. Aber ein gewisser Schnitt des Gesichts, der nicht europäisch war, verbunden mit einer Kleidung, die aus den verschiedensten Trachten, aber mit einem Geschmacke, den niemand ihm nachahmen wird, kühn und glücklich gewählt war, gaben ihm eine Miene von Sonderbarkeit, die den außerordentlichen Eindruck seines ganzen Wesens nicht wenig erhöhte. Etwas Irres in seinem Blicke konnte einen Schwärmer vermuten lassen, aber Gebärden und äußrer Anstand verkündigten einen Mann, den die Welt ausgebildet hat."

Z***, der, wie Sie wissen, alles heraussagen muß, was er denkt, konnte hier nicht länger an sich halten. „Unser Armenier!" rief er aus. „Unser ganzer Armenier, niemand anders!"

„Was für ein Armenier, wenn man fragen darf?" sagte Civitella.

„Hat man Ihnen die Farce noch nicht erzählt?“ sagte der Prinz. „Aber keine Unterbrechung! Ich fange an, mich für Ihren Mann zu interessieren. Fahren Sie fort in Ihrer Erzählung.“

„Etwas Unbegreifliches war in seinem Betragen. Seine Blicke ruhten mit Bedeutung, mit Leidenschaft auf ihr, wenn sie wegsah, und sie fielen zu Boden, wenn sie auf die ihrigen trafen. Ist dieser Mensch von Sinnen? dachte ich. Eine Ewigkeit wollt' ich stehen und nichts anders betrachten.

„Das Gebüsche raubte sie mir wieder. Ich wartete lange, lange, sie wieder herauskommen zu sehen, aber vergebens. Aus einem andern Fenster endlich entdeck' ich sie aufs neue.

„Vor einem Bassin standen sie, in einer gewissen Entfernung voneinander, beide in tiefes Schweigen verloren. Sie mochten schon ziemlich lange in dieser Stellung gestanden haben. Ihr offnes, seelenvolles Auge ruhte forschend auf ihm und schien jeden aufkeimenden Gedanken von seiner Stirne zu nehmen. Er, als ob er nicht Mut genug in sich fühlte, es aus der ersten Hand zu empfangen, suchte verstohlen ihr Bild in der spiegelnden Flut oder blickte starr auf den Delphin, der das Wasser in das Becken spritzte. Wer weiß, wie lange dieses stumme Spiel noch gedauert haben würde, wenn die Dame es hätte aushalten können? Mit der liebenswürdigsten Holdseligkeit ging das schöne Geschöpf auf ihn zu, faßte, den Arm um seinen Nacken flechtend, eine seiner Hände und führte sie zum Munde. Gelassen ließ der kalte Mensch es geschehen, und ihre Liebkosung blieb unerwidert.

„Aber es war etwas an diesem Auftritt, was mich rührte. Der Mann war es, was mich rührte. Ein heftiger Affekt schien in seiner Brust zu arbeiten, eine unwiderstehliche Gewalt ihn zu ihr hinzuziehen, ein verborgener Arm ihn zurückzureißen. Still, aber schmerzhaft war dieser Kampf, und die Gefahr so schön an seiner Seite. Nein, dachte ich, er unternimmt zu viel. Er wird, er muß unterliegen.

„Auf einen heimlichen Wink von ihm verschwindet der kleine Neger. Ich erwarte nun einen Auftritt von empfindsamer Art, eine kniende Abbitte, eine mit tausend Küssen besiegelte Versöhnung. Nichts von dem allen. Der unbegreifliche Mensch nimmt aus einem Portefeuille ein versiegeltes Paket und gibt es in die Hände der Dame. Trauer überzieht ihr Gesicht, da sie es ansieht, und eine Träne schimmert in ihrem Auge.

„Nach einem kurzen Stillschweigen brechen sie auf. Aus einer Seitenallee tritt eine bejahrte Dame zu ihnen, die sich die ganze Zeit über entfernt gehalten hatte und die ich jetzt erst entdecke. Langsam gehen sie hinab, beide Frauenzimmer in Gespräch miteinander, währenddessen er die Gelegenheit wahrnimmt, unvermerkt hinter ihnen zurückzubleiben. Unschlüssig und mit starrem Blick nach ihr hingewendet, steht er und geht und steht wieder. Auf einmal ist er weg im Gebüsche.

„Vorn sieht man sich endlich um. Man scheint unruhig, ihn nicht mehr zu finden, und steht stille, wie es scheint, ihn zu erwarten. Er kommt nicht. Die Blicke irren ängstlich umher, die Schritte verdoppeln sich. Meine Augen helfen den ganzen Garten durchsuchen. Er bleibt aus. Er ist nirgends.

„Auf einmal hör' ich am Kanal etwas rauschen, und eine Gondel stößt vom Ufer. Er ist's, und mit Mühe enthalt' ich mich, es ihr zuzuschreien. Jetzt also war's am Tage – es war eine Abschiedsszene.

„Sie schien zu *ahnden*, was ich *wußte*. Schneller, als die andre ihr folgen kann, eilt sie nach dem Ufer. Zu spät. Pfeilschnell fliegt die Gondel dahin, und nur ein weißes Tuch flattert noch fern in den Lüften. Bald darauf seh' ich auch die Frauenzimmer überfahren.

„Als ich von einem kurzen Schlummer erwachte, mußte ich über meine Verblendung lachen. Meine Phantasie hatte diese Begebenheit im Traum fortgesetzt, und nun wurde mir auch die Wahrheit zum Traume. Ein Mädchen, reizend wie eine Houri“ die vor Tagesanbruch in einem abgelegenen Garten vor meinem Fenster mit ihrem Liebhaber lustwandelt, ein Liebhaber, der von einer solchen Stunde keinen bessern Gebrauch zu machen weiß, dies schien mir eine Komposition zu sein, welche höchstens die Phantasie eines Träumenden wagen und entschuldigen konnte. Aber der Traum war zu schön gewesen, um ihn nicht sooft als möglich zu erneuern, und auch der Garten war mir jetzt lieber geworden, seitdem ihn meine Phantasie mit so reizenden Gestalten bevölkert hatte. Einige unfreundliche Tage, die auf diesen Morgen folgten, verscheuchten mich von dem Fenster, aber der erste heitre Abend zog mich unwillkürlich dahin. Urteilen Sie von meinem Erstaunen, als mir nach kurzem Suchen das weiße Gewand meiner Unbekannten entgegenschimmerte. Sie war es selbst. Sie war wirklich. Ich hatte nicht bloß geträumt.

„Die vorige Matrone war bei ihr, die einen kleinen Knaben führte; sie selbst aber ging in sich gekehrt und seitwärts. Alle Plätze wurden besucht, die ihr noch vom vorigen Male her durch ihren Begleiter merkwürdig waren. Besonders lange verweilte sie an dem Bassin, und ihr starr hingeheftetes Auge schien das geliebte Bild vergebens zu suchen.

„Hatte mich diese hohe Schönheit das erste Mal hingerissen, so wirkte sie heute mit einer sanftern Gewalt auf mich, die nicht weniger stark war. Ich hatte jetzt vollkommene Freiheit, das himmlische Bild zu betrachten; das Erstaunen des ersten Anblicks machte unvermerkt einer süßen Empfindung Platz. Die Glorie um sie verschwindet, und ich sehe in ihr nichts mehr als das schönste aller Weiber, das meine Sinne in Glut setzt. In diesem Augenblick ist es beschlossen. Sie muß mein sein.

„Indem ich bei mir selbst überlege, ob ich hinuntergehe und mich ihr nähere, oder, eh' ich dieses wage, erst Erkundigungen von ihr einziehe, öffnet sich eine kleine Pforte an der Klostermauer, und ein Karmelitermönch tritt aus derselben. Auf das Geräusch, das er macht, verläßt die Dame ihren Platz, und ich sehe sie mit lebhaften Schritten auf ihn zugehen. Er zieht ein Papier aus dem Busen, wonach sie begierig hascht, und eine lebhafte Freude scheint in ihr Angesicht zu fliegen.

„In eben diesem Augenblick treibt mich mein gewöhnlicher Abendbesuch von dem Fenster. Ich vermeide es sorgfältig, weil ich keinem andern diese Eroberung gönne. Eine ganze Stunde muß ich in dieser peinlichen Ungeduld aushalten, bis es mir endlich gelingt, diese Überlästigen zu entfernen. Ich eile an mein Fenster zurück, aber verschwunden ist alles!

„Der Garten ist ganz leer, als ich hinuntergehe. Kein Fahrzeug mehr im Kanal. Nirgends eine Spur von Menschen. Ich weiß weder, aus welcher Gegend sie kam, noch wohin sie gegangen ist. Indem ich, die Augen aller Orten herum gewandt, vor mich hinwandle, schimmert mir von fern etwas Weißes im Sand entgegen. Wie ich hinzutrete, ist es ein Papier, in Form eines Briefs geschlagen. Was konnte es anders sein als der Brief, den der Karmeliter ihr überbracht hatte? „Glücklicher Fund," rief ich aus. ‚Dieser Brief wird mir das ganze Geheimnis aufschließen, er wird mich zum Herrn ihres Schicksals machen."

„Der Brief war mit einer Sphinx gesiegelt, ohne Überschrift und in Chiffern verfaßt; dies schreckte mich aber nicht ab, weil ich mich auf das Dechiffrieren verstehe. Ich kopiere ihn geschwind, denn es war zu erwarten, daß sie ihn bald vermissen und zurückkommen würde, ihn zu suchen. Fand sie ihn nicht mehr, so mußte ihr dies ein Beweis sein, daß der Garten von mehrern Menschen besucht würde, und diese Entdeckung konnte sie leicht auf immer daraus verscheuchen. Was konnte meiner Hoffnung Schlimmers begegnen?

„Was ich vermutet hatte, geschah. Ich war mit meiner Kopie kaum zu Ende, so erschien sie wieder mit ihrer vorigen Begleiterin, beide ängstlich suchend. Ich befestige den Brief an einem Schiefer, den ich vom Dache losmache, und lasse ihn an einem Ort herabfallen, an dem sie vorbei muß. Ihre schöne Freude, als sie ihn findet, belohnt mich für meine Großmut. Mit scharfem prüfendem Blick, als wollte sie die unheilige Hand daran ausspähen, die ihn berührt haben konnte, musterte sie ihn von allen Seiten; aber die zufriedene Miene, mit der sie ihn einsteckte, bewies, daß sie ganz ohne Arges war. Sie ging, und ein zurückfallender Blick ihres Auges nahm einen dankbaren Abschied von den Schutzgöttern des Gartens, die das Geheimnis ihres Herzens so treu gehütet hatten.

„Jetzt eilte ich, den Brief zu entziffern. Ich versuchte es mit mehrern Sprachen; endlich gelang es mir mit der englischen. Sein Inhalt war mir so merkwürdig, daß ich ihn auswendig behalten habe." –

Ich werde unterbrochen. Den Schluß ein andermal.

*Baron von F*** an den Grafen von O***

Achter Brief

August.

Nein, liebster Freund, Sie tun dem guten Biondello Unrecht. Gewiß, Sie hegen einen falschen Verdacht. Ich gebe Ihnen alle Italiener preis, aber dieser ist ehrlich.

Sie finden es sonderbar, daß ein Mensch von so glänzenden Talenten und einer so exemplarischen Aufführung sich zum Dienen herabsetze, wenn er nicht geheime Absichten dabei habe; und daraus ziehen Sie den Schluß, daß diese Absichten verdächtig sein müssen. Wie? Ist es denn so etwas Neues, daß ein Mensch von Kopf und Verdiensten sich einem Fürsten gefällig zu machen sucht, der es in der Gewalt hat, sein Glück zu machen? Ist es etwa entehrend, ihm zu dienen? Läßt Biondello nicht deutlich genug merken, daß seine Anhänglichkeit an den Prinzen persönlich sei? Er hat ihm ja gestanden, daß er eine Bitte an ihn auf dem Herzen habe. Diese Bitte wird uns ohne Zweifel das ganze Geheimnis erklären. Geheime Absichten mag er immer haben; aber können diese nicht unschuldig sein?

Es befremdet Sie, daß dieser Biondello in den ersten Monaten, und das waren die, in denen Sie uns Ihre Gegenwart noch schenkten, alle die großen Talente, die er jetzt an den Tag kommen lasse, verborgen gehalten und durch gar nichts die Aufmerksamkeit auf sich gezogen habe. Das ist wahr; aber wo hätte er damals die Gelegenheit gehabt, sich auszuzeichnen? Der Prinz bedurfte seiner ja noch nicht, und seine übrigen Talente mußte der Zufall uns entdecken.

Aber er hat uns ganz kürzlich einen Beweis seiner Ergebenheit und Redlichkeit gegeben, der alle Ihre Zweifel zu Boden schlagen wird. Man beobachtet den Prinzen. Man sucht geheime Erkundigungen von seiner Lebensart, von seinen Bekanntschaften und Verhältnissen einzuziehen. Ich weiß nicht, wer diese Neugierde hat. Aber hören Sie an.

Es ist hier in St. Georg ein öffentliches Haus, wo Biondello öfters aus- und eingeht; er mag da etwas Liebes haben, ich weiß es nicht. Vor einigen Tagen ist er auch da; er findet eine Gesellschaft beisammen, Advokaten und Offizianten der Regierung, lustige Brüder und Bekannte von sich. Man verwundert sich, man ist erfreut, ihn wieder zu sehen. Die alte Bekanntschaft wird erneuert, jeder erzählt seine Geschichte bis auf diesen Augenblick, Biondello soll auch die seinige zum besten geben. Er tut es in wenigen Worten. Man wünscht ihm Glück zu seinem neuen Etablissement, man hat von der glänzenden Lebensart des Prinzen von *** schon erzählen hören, von seiner Freigebigkeit gegen Leute besonders, die ein Geheimnis zu bewahren wissen; seine Verbindung mit dem Kardinal A***i ist weltbekannt, er liebt das Spiel, u. s. w. Biondello stutzt – Man scherzt mit ihm, daß er den Geheimnisvollen mache, man wisse doch, daß er der Geschäftsträger des Prinzen von *** sei; die beiden Advokaten nehmen ihn in die Mitte; die Flasche leert sich fleißig – man nötigt ihn zu trinken; er entschuldigt sich, weil er keinen Wein vertrage, trinkt aber doch, um sich zum Schein zu betrinken.

„Ja," sagte endlich der eine Advokat, „Biondello versteht sein Handwerk; aber ausgelernt hat er noch nicht, er ist nur ein Halber."

„Was fehlt mir noch?" fragte Biondello.

„Er versteht die Kunst," sagte der andere, „ein Geheimnis bei sich zu behalten, aber die andere noch nicht, es mit Vorteil wieder loswerden."

„Sollte sich ein Käufer dazu finden?" fragte Biondello.

Die übrigen Gäste zogen sich hier aus dem Zimmer, er blieb tête à tête mit seinen beiden Leuten, die nun mit der Sprache herausgingen. Daß ich es kurz mache, er sollte ihnen über den Umgang des Prinzen mit dem Kardinal und seinem Neffen Aufschlüsse verschaffen, ihnen die Quelle angeben, woraus der Prinz Geld schöpfe, und ihnen die Briefe, die an den Grafen von O** geschrieben würden, in die Hände spielen. Biondello beschied sie auf ein andermal; aber wer sie angestellt habe, konnte er nicht aus ihnen herausbringen. Nach den glänzenden Anerbietungen, die ihm gemacht wurden, zu schließen, mußte die Nachfrage von einem sehr reichen Manne herrühren.

Gestern abend entdeckte er meinem Herrn den ganzen Vorfall. Dieser war anfangs willens, die Unterhändler kurz und gut beim Kopf nehmen zu lassen; aber Biondello machte Einwendungen. Auf freien Fuß würde man sie doch wieder stellen müssen, und dann habe er seinen ganzen Kredit unter dieser Klasse, vielleicht sein Leben selbst, in Gefahr gesetzt. Alle dieses Volk hange unter sich zusammen, alle stehen für einen; er wolle lieber den hohen Rat in Venedig zum Feinde haben, als unter ihnen für einen Verräter verschrien werden; er würde dem Prinzen auch nicht mehr nützlich sein können, wenn er das Vertrauen dieser Volksklasse verloren hätte.

Wir haben hin und her geraten, von wem dies wohl kommen möchte. Wer ist in Venedig, dem daran liegen kann, zu wissen, was mein Herr einnimmt und ausgibt, was er mit dem Kardinal A***i zu tun hat und was ich Ihnen schreibe? Sollte es gar noch ein Vermächtnis von dem Prinzen von **d** sein? Oder regt sich etwa der Armenier wieder?

*Baron von F*** an den Grafen von O***

Neunter Brief

August.

Der Prinz schwimmt in Wonne und Liebe. Er hat seine Griechin wieder. Hören Sie, wie dies zugegangen ist.

Ein Fremder, der über Chiozza gekommen war und von der schönen Lage dieser Stadt am Golf viel zu erzählen wußte, machte den Prinzen neugierig, sie zu sehen. Gestern wurde dies ausgeführt, und um allen Zwang und Aufwand zu vermeiden, sollte niemand ihn begleiten als Z*** und ich nebst Biondello, und mein Herr wollte unbekannt bleiben. Wir fanden ein Fahrzeug, das eben dahin abging, und mieteten uns darauf ein. Die Gesellschaft war sehr gemischt, aber unbedeutend, und die Hinreise hatte nichts Merkwürdiges.

Chiozza ist auf eingerammten Pfählen gebaut, wie Venedig, und soll gegen vierzigtausend Einwohner zählen. Adel findet man wenig, aber bei jedem Tritte stößt man auf Fischer oder Matrosen. Wer eine Perücke und einen Mantel trägt, heißt ein Reicher; Mütze und Überschlag sind das Zeichen eines Armen. Die Lage der Stadt ist schön, doch darf man Venedig nicht gesehen haben.

Wir verweilten uns nicht lange. Der Patron, der noch mehr Passagiers hatte, mußte zeitig wieder in Venedig sein, und den Prinzen fesselte nichts in Chiozza. Alles hatte seinen Platz schon im Schiffe genommen, als wir ankamen. Weil sich die Gesellschaft auf der Herfahrt so beschwerlich gemacht hatte, so nahmen wir diesmal ein Zimmer für uns allein. Der Prinz erkundigte sich, wer noch mehr da sei? Ein Dominikaner, war die Antwort, und einige Damen, die retour nach Venedig gingen. Mein Herr war nicht neugierig, sie zu sehen, und nahm sogleich sein Zimmer ein.

Die Griechin war der Gegenstand unsers Gesprächs auf der Herfahrt gewesen „ und sie war es auch auf der Rückfahrt. Der Prinz wiederholte sich ihre Erscheinung in der Kirche mit Feuer; Plane wurden gemacht und verworfen; die Zeit verstrich wie ein Augenblick; ehe wir es uns versahen, lag Venedig vor uns. Einige von den Passagiers stiegen aus, der Dominikaner war unter diesen. Der Patron ging zu den Damen, die, wie wir jetzt erst erfuhren, nur durch ein dünnes Brett von uns geschieden waren, und fragte sie, wo er anlegen sollte. „Auf der Insel Murano," war die Antwort, und das Haus wurde genannt. – „Insel Murano!" rief der Prinz, und ein Schauer der Ahndung schien durch seine Seele zu fliegen. Eh' ich ihm antworten konnte, stürzte Biondello herein. „Wissen Sie auch, in welcher Gesellschaft wir reisen?" – Der Prinz sprang auf – „Sie ist hier! Sie selbst!" fuhr Biondello fort. „Ich komme eben von ihrem Begleiter."

Der Prinz drang hinaus. Das Zimmer ward ihm zu enge, die ganze Welt wär' es in diesem Augenblick gewesen. Tausend Empfindungen stürmten in ihn, seine Knie zitterten, Röte und Blässe wechselten in seinem Gesichte. Ich zitterte erwartungsvoll mit ihm. Ich kann Ihnen diesen Zustand nicht beschreiben.

In Murano ward angehalten. Der Prinz sprang ans Ufer. Sie kam. Ich las im Gesicht des Prinzen, daß sie's war. Ihr Anblick ließ mir keinen Zweifel übrig. Eine schönere Gestalt hab' ich nie gesehen; alle Beschreibungen des Prinzen waren unter der Wirklichkeit geblieben. Eine glühende Röte überzog ihr Gesicht, als sie den Prinzen ansichtig wurde. Sie hatte unser ganzes Gespräch hören müssen, sie konnte auch nicht zweifeln, daß sie der Gegenstand desselben gewesen sei. Mit einem bedeutenden Blicke sah sie ihre Begleiterin an, als wollte sie sagen: das ist er! und mit Verwirrung schlug sie ihre Augen nieder. Ein schmales Brett ward vom Schiff an das Ufer gelegt, über welches sie zu gehen hatte. Sie schien ängstlich, es zu betreten – aber weniger, wie mir vorkam, weil sie auszugleiten fürchtete, als weil sie es ohne fremde Hülfe nicht konnte und der Prinz schon den Arm ausstreckte, ihr beizustehen. Die Not siegte über diese Bedenklichkeit. Sie nahm seine Hand an und war am Ufer. Die heftige Gemütsbewegung, in der der Prinz war, machte ihn unhöflich; die andere Dame, die auf den nämlichen Dienst wartete, vergaß er – was hätte er in diesem Augenblick nicht vergessen? Ich erwies ihr endlich diesen Dienst, und dies brachte mich um das Vorspiel einer Unterredung, die sich zwischen meinem Herrn und der Dame angefangen hatte.

Er hielt noch immer ihre Hand in der seinigen – aus Zerstreuung, denke ich, und ohne daß er es selbst wußte.

„Es ist nicht das erste Mal, Signora, daß – – daß – –“ Er konnte es nicht heraus sagen.

„Ich sollte mich erinnern,“ lispelte sie –

„In der ***Kirche,“ sagte er –

„In der ***Kirche war es,“ sagte sie –

„Und konnte ich mir heute vermuten – – Ihnen so nahe –“

Hier zog sie ihre Hand leise aus der seinigen – Er verwirrte sich augenscheinlich. Biondello, der indes mit dem Bedienten gesprochen hatte, kam ihm zu Hülfe.

„Signor," fing er an, „die Damen haben Sänften hieher bestellt; aber wir sind früher zurückgekommen, als sie sich's vermuteten. Es ist hier ein Garten in der Nähe, wo Sie so lange eintreten können, um dem Gedränge auszuweichen.

Der Vorschlag ward angenommen, und Sie können denken, mit welcher Bereitwilligkeit von seiten des Prinzen. Man blieb in dem Garten, bis es Abend wurde. Es gelang uns, Z*** und mir, die Matrone zu beschäftigen, daß der Prinz sich mit der jungen Dame ungestört unterhalten konnte. Daß er diese Augenblicke gut zu benutzen gewußt habe, können Sie daraus abnehmen, daß er die Erlaubnis empfangen hat, sie zu besuchen. Eben jetzt, da ich Ihnen schreibe, ist er dort. Wenn er zurückkommt, werde ich mehr erfahren.

Gestern, als wir nach Hause kamen, fanden wir auch die erwarteten Wechsel von unserm Hofe, aber von einem Briefe begleitet, der meinen Herrn sehr in Flammen setzte. Man ruft ihn zurück, und in einem Tone, wie er ihn gar nicht gewohnt ist. Er hat sogleich in einem ähnlichen geantwortet und wird bleiben. Die Wechsel sind eben hinreichend, um die Zinsen von dem Kapitale zu bezahlen, das er schuldig ist. Einer Antwort von seiner Schwester sehen wir mit Verlangen entgegen.

*Baron von F*** an den Grafen von O***

Zehnter Brief

September.

Der Prinz ist mit seinem Hofe zerfallen, alle unsere Ressourcen von daher abgeschnitten.

Die sechs Wochen, nach deren Verfluß mein Herr den Marchese bezahlen sollte, waren schon um einige Tage verstrichen, und noch keine Wechsel weder von seinem Cousin, von dem er aufs neue und aufs dringendste Vorschuß verlangt hatte, noch von seiner Schwester. Sie können wohl denken, daß Civitella nicht mahnte; ein desto treueres Gedächtnis aber hatte der Prinz. Gestern Mittag kam eine Antwort vom regierenden Hofe.

Wir hatten kurz vorher einen neuen Kontrakt unsers Hotels wegen abgeschlossen, und der Prinz hatte sein längeres Bleiben schon öffentlich deklariert. Ohne ein Wort zu sagen, gab mir mein Herr den Brief. Seine Augen funkelten, ich las den Inhalt schon auf seiner Stirne.

Können Sie sich vorstellen, lieber O**? Man ist in *** von allen hiesigen Verhältnissen meines Herrn unterrichtet, und die Verleumdung hat ein abscheuliches Gewebe von Lügen daraus gesponnen. Man habe mißfällig vernommen, heißt es unter andern, daß der Prinz seit einiger Zeit angefangen habe, seinen vorigen Charakter zu verleugnen und ein Betragen anzunehmen, das seiner bisherigen lobenswürdigen Art zu denken ganz entgegengesetzt sei. Man wisse, daß er sich dem Frauenzimmer und dem Spiel aufs ausschweifendste ergebe, sich in Schulden stürze, Visionärs und Geisterbannern sein Ohr leihe, mit katholischen Prälaten in verdächtigen Verhältnissen stehe und einen Hofstaat führe, der seinen Rang sowohl als seine Einkünfte überschreite. Es heiße sogar, daß er im Begriff stehe, dieses höchst anstößige Betragen durch eine Apostasie zur römischen Kirche vollkommen zu machen. Um sich von der letztern Beschuldigung zu reinigen, erwarte man von ihm eine ungesäumte Zurückkunft. Ein Bankier in Venedig, dem er den Etat seiner Schulden übergeben solle, habe Anweisung, *sogleich nach seiner Abreise* seine Gläubiger zu befriedigen; denn unter diesen Umständen finde man nicht für gut, das Geld in seine Hände zu geben.

Was für Beschuldigungen und in welchem Tone! Ich nahm den Brief, durchlas ihn noch einmal, ich wollte etwas darin aufsuchen, das ihn mildern könnte; ich fand nichts, es war mir ganz unbegreiflich.

Z*** erinnerte mich jetzt an die geheime Nachfrage, die vor einiger Zeit an Biondello ergangen war. Die Zeit, der Inhalt, alle Umstände kamen überein. Wir hatten sie fälschlich dem Armenier zugeschrieben. Jetzt war's am Tage, von wem sie herrührte. Apostasie! – Aber wessen Interesse kann es sein, meine Herrn so abscheulich und so platt zu verleumden? Ich fürchte, es ist ein Stückchen von dem Prinzen von **d**, der es durchsetzen will, unsern Herrn aus Venedig zu entfernen.

Dieser schwieg noch immer, die Augen starr vor sich hingeworfen. Sein Stillschweigen ängstigte mich. Ich warf mich zu seinen Füßen. "Um Gottes willen, gnädigster Prinz," rief ich aus, "beschließen Sie nichts Gewaltsames. Sie sollen, Sie werden die vollständigste Genugtuung haben. Überlassen Sie *mir* diese Sache. Senden Sie mich hin. Es ist unter Ihrer Würde, sich gegen solche Beschuldigungen zu verantworten; aber *mir* erlauben Sie, es zu tun. Der Verleumder muß genannt und dem *** die Augen geöffnet werden."

In dieser Lage fand uns Civitella, der sich mit Erstaunen nach der Ursache unserer Bestürzung erkundigte. Z*** und ich schwiegen. Der Prinz aber, der zwischen ihm und uns schon lange keinen Unterschied mehr zu machen gewohnt ist, auch noch in zu heftiger Wallung war, um in diesem Augenblick der Klugheit Gehör zu geben, befahl uns, ihm den Brief mitzuteilen. Ich wollte zögern, aber der Prinz riß ihn mir aus der Hand und gab ihn selbst dem Marchese.

„Ich bin Ihr Schuldner, Herr Marchese," fing der Prinz an, nachdem dieser den Brief mit Erstaunen durchlesen hatte, „aber lassen Sie sich das keine Unruhe machen. Geben Sie mir nur noch zwanzig Tage Frist, und Sie sollen befriedigt werden."

„Gnädigster Prinz," rief Civitella heftig bewegt, „verdien' ich dieses?"

„Sie haben mich nicht erinnern wollen; ich erkenne Ihre Delikatesse und danke Ihnen. In zwanzig Tagen, wie gesagt, sollen Sie völlig befriedigt werden."

„Was ist das?" fragte Civitella mich voll Bestürzung. "Wie hängt dies zusammen? Ich fass' es nicht."

Wir erklärten ihm, was wir wußten. Er kam außer sich. Der Prinz, sagte er, müsse auf Genugtuung dringen; die Beleidigung sei unerhört. Unterdessen beschwöre er ihn, sich seines ganzen Vermögens und Kredits unumschränkt zu bedienen.

Der Marchese hatte uns verlassen und der Prinz noch immer kein Wort gesprochen. Er ging mit starken Schritten im Zimmer auf und nieder;

etwas Außerordentliches arbeitete in ihm. Endlich stand er still und murmelte vor sich zwischen den Zähnen: „Wünschen Sie sich Glück – sagte er – Um neun Uhr ist er gestorben.“

Wir sahen ihn erschrocken an.

„Wünschen Sie sich Glück,“ fuhr er fort; "Glück – Ich soll mir Glück wünschen – Sagte er nicht so? Was wollte er damit sagen?“

„Wie kommen Sie jetzt darauf?“ rief ich. „Was soll das hier?“

„Ich habe damals nicht verstanden, was der Mensch wollte. Jetzt verstehe ich ihn. – Oh, es ist unerträglich hart, einen Herrn über sich haben!“

„Mein teuerster Prinz!“

„Der es uns fühlen lassen kann! – Ha! Es muß süß sein!“

Er hielt wieder inne. Seine Miene erschreckte mich. Ich hatte sie nie an ihm gesehen.

„Der Elendeste unter dem Volk,“ fing er wieder an, „oder der nächste Prinz am Throne! Das ist ganz dasselbe. Es gibt nur *einen* Unterschied unter den Menschen – Gehorchen oder Herrschen!“

Er sah noch einmal in den Brief.

„Sie haben den Menschen gesehen,“ fuhr er fort, „der sich unterstehen darf, mir dieses zu schreiben. Würden Sie ihn auf der Straße grüßen, wenn ihn das Schicksal nicht zu Ihrem Herrn gemacht hätte? Bei Gott! Es ist etwas Großes um eine Krone!“

In diesem Ton ging es weiter, und es fielen Reden, die ich keinem Brief anvertrauen darf. Aber bei dieser Gelegenheit entdeckte mir der Prinz einen Umstand, der mich in nicht geringes Erstaunen und Schrecken setzte und der die gefährlichsten Folgen haben kann. Über die Familienverhältnisse am ***Hofe sind wir bisher in einem großen Irrtum gewesen.

Der Prinz beantwortete den Brief auf der Stelle, so sehr ich mich dagegen setzte, und die Art, wie er es getan hat, läßt keine gütliche Beilegung mehr hoffen.

Sie werden nun auch begierig sein, liebster O**, von der Griechin endlich etwas Positives zu erfahren; aber eben dies ist es, worüber ich Ihnen noch immer keinen befriedigenden Aufschluß geben kann. Aus dem Prinzen ist nichts herauszubringen, weil er in das Geheimnis gezogen ist und sich, wie ich vermute, hat verpflichten müssen, es zu bewahren. Daß sie aber die Griechin *nicht* ist, für die wir sie hielten, ist heraus. Sie ist eine Deutsche und von der edelsten Abkunft. Ein gewisses Gerücht, dem ich auf die Spur gekommen bin, gibt ihr eine sehr hohe Mutter und macht sie zu der Frucht einer unglücklichen Liebe, wovon in Europa viel gesprochen worden ist. Heimliche Nachstellungen von mächtiger Hand haben sie, laut dieser Sage, gezwungen, in Venedig Schutz zu suchen, und eben diese sind auch die Ursache ihrer Verborgenheit, die es dem Prinzen unmöglich gemacht hat, ihren Aufenthalt zu erforschen. Die Ehrerbietung, womit der Prinz von ihr spricht, und gewisse Rücksichten, die er gegen sie beobachtet, scheinen dieser Vermutung Kraft zu geben.

Er ist mit einer fürchterlichen Leidenschaft an sie gebunden, die mit jedem Tage wächst. In der ersten Zeit wurden die Besuche sparsam zugestanden; doch schon in der zweiten Woche verkürzte man die Trennungen, und jetzt vergeht kein Tag, wo der Prinz nicht dort wäre. Ganze Abende verschwinden, ohne daß wir ihn zu Gesicht bekommen; und ist er auch nicht in ihrer Gesellschaft, so ist *sie* es doch allein, was ihn beschäftigt. Sein ganzes Wesen scheint verwandelt. Er geht wie ein Träumender umher, und nichts von allem, was ihn sonst interessiert hatte, kann ihm jetzt nur eine flüchtige Aufmerksamkeit abgewinnen.

Wohin wird das noch kommen, liebster Freund? Ich zittre für die Zukunft. Der Bruch mit seinem Hofe hat meinen Herrn in eine erniedrigende Abhängigkeit von einem einzigen Menschen, von dem Marchese Civitella, gesetzt. Dieser ist jetzt Herr unsrer Geheimnisse, unsers ganzen Schicksals. Wird er immer so edel denken, als er sich uns jetzo noch zeigt? Wird dieses gute Vernehmen auf die Dauer bestehen, und ist es wohl getan, einem Menschen, auch dem vortrefflichsten, so viel Wichtigkeit und Macht einzuräumen?

An die Schwester des Prinzen ist ein neuer Brief abgegangen. Den Erfolg hoffe ich Ihnen in meinem nächsten Briefe melden zu können.

Der Graf von O** zur Fortsetzung

Aber dieser nächste Brief blieb aus. Drei ganze Monate vergingen, ehe ich Nachricht aus Venedig erhielt – eine Unterbrechung, deren Ursache sich in der Folge nur zu sehr aufklärte. Alle Briefe meines Freundes an mich waren zurückbehalten und unterdrückt worden. Man urteile von meiner Bestürzung, als ich endlich im Dezember dieses Jahrs folgendes Schreiben erhielt, das bloß ein glücklicher Zufall (weil Biondello, der es zu bestellen hatte, plötzlich krank wurde) in meine Hände brachte.

„Sie schreiben nicht. Sie antworten nicht – Kommen Sie – o kommen Sie auf Flügeln der Freundschaft. Unsre Hoffnung ist dahin. Lesen Sie diesen Einschluß. Alle unsre Hoffnung ist dahin.

„Die Wunde des Marchese soll tödlich sein. Der Kardinal brütet Rache, und seine Meuchelmörder suchen den Prinzen. Mein Herr – o mein unglücklicher Herr! – Ist es dahin gekommen? Unwürdiges, entsetzliches Schicksal! Wie Nichtswürdige müssen wir uns vor Mördern und Gläubigern verbergen.

„Ich schreibe Ihnen aus dem ***Kloster, wo der Prinz eine Zuflucht gefunden hat. Eben ruht er auf einem harten Lager neben mir und schläft – ach den Schlummer der tödlichsten Erschöpfung, der ihn nur zu neuem Gefühl seiner Leiden stärken wird. Die zehen Tage, daß sie krank war, kam kein Schlaf in seine Augen. Ich war bei der Leichenöffnung. Man fand Spuren von Vergiftung. Heute wird man sie begraben.

„Ach liebster O**, mein Herz ist zerrissen. Ich habe einen Auftritt erlebt, der nie aus meinem Gedächtnis verlöschen wird. Ich stand vor ihrem Sterbebette. Wie eine Heilige schied sie dahin, und ihre letzte sterbende Beredsamkeit erschöpfte sich, ihren Geliebten auf den Weg zu leiten, den sie zum Himmel wandelte – Alle unsere Standhaftigkeit war erschüttert, der Prinz allein stand fest, und ob er gleich ihren Tod dreifach mit erlitt, so behielt er doch Stärke des Geistes genug, der frommen Schwärmerin ihre letzte Bitte zu verweigern.“

In diesem Brief lag folgender Einschluß:

*An den Prinzen von *** von seiner Schwester.*

„Die allein seligmachende Kirche, die an dem Prinzen von *** eine so glänzende Eroberung gemacht hat, wird es ihm auch nicht an Mitteln fehlen lassen, die Lebensart fortzusetzen, der sie diese Eroberung verdankt. Ich habe Tränen und Gebet für einen Verirrten, aber keine Wohltaten mehr für einen Unwürdigen.

*Henriette ***"*

Ich nahm sogleich Post, reiste Tag und Nacht, und in der dritten Woche war ich in Venedig. Meine Eilfertigkeit nützte mir nichts mehr. Ich war gekommen, einem Unglücklichen Trost und Hülfe zu bringen; ich fand einen Glücklichen, der meines schwachen Beistandes nicht mehr benötigt war. F*** lag krank und war nicht zu sprechen, als ich anlangte; folgendes Billet überbrachte man mir von seiner Hand. „Reisen Sie zurück, liebster O**, wo Sie hergekommen sind. Der Prinz bedarf Ihrer nicht mehr, auch nicht meiner. Seine Schulden sind bezahlt, der Kardinal versöhnt, der Marchese wieder hergestellt. Erinnern Sie sich des Armeniers, der uns voriges Jahr so zu verwirren wußte? In *seinen* Armen finden Sie den Prinzen, der seit fünf Tagen – die erste Messe hörte.“

Ich drängte mich nichtsdestoweniger zum Prinzen, ward aber abgewiesen. An dem Bette meines Freundes erfuhr ich endlich die unerhörte Geschichte.

Ende des ersten Teils

Anmerkung: Einen zweiten Teil aus Schillers Feder gibt es nicht. Dieser einzige Roman des Dichters blieb unvollendet.

Das philosophische Gespräch aus dem Geisterseher

„Ich hätte mich mit meinen Wünschen nie über *das* hinauswagen sollen und darüber zum Greis werden, wie ich zum Mann geworden bin! Weil ich aus der traurigen Einförmigkeit meines bisherigen Lebens einmal herausgehe und herumschaue, ob nicht irgend anderswo eine Quelle des Genusses für mich springt – weil ich –“

„Wenn es ein Versuch war, gnädigster Herr, dann hab' ich nichts mehr zu sagen – dann sind die Erfahrungen, die er Ihnen verschafft haben wird, noch mit dreimal soviel nicht zu teuer erkauft. Es tat mir wehe, ich gestehe es, daß die Meinung der Welt über eine Frage, die nur für Ihr eigenes Herz gehört, die Frage, *wie* Sie glücklich sein sollen, zu entscheiden haben sollte.“

„Wohl Ihnen, daß *Sie* verachten können die Meinung der Welt! Ich bin ihr Geschöpf, ich muß ihr Sklave sein. Was sind wir anders als Meinung? Alles an uns Fürsten ist Meinung. Die Meinung ist unsre Amme und Erzieherin in der Kindheit, unsre Gesetzgeberin und Geliebte in männlichen Jahren, unsre Krücke im Alter. Nehmen Sie uns, was wir von der Meinung haben, und der Schlechteste aus den untersten Klassen ist besser daran als wir, denn sein Schicksal hat ihm doch eine Philosophie seines Schicksals geschaffen. Ein Fürst, der die Meinung verlacht, hebt sich selbst auf, wie der Priester, der das Dasein eines Gottes leugnet.“

„Und dennoch, gnädigster Prinz –“

„Ich weiß, was Sie sagen wollen. Ich kann den Kreis überschreiten, den meine Geburt um mich gezogen hat – aber kann ich auch alle Wahnbegriffe aus meinem Gedächtnis herausreißen, die Erziehung und frühe Gewohnheit darin gepflanzt und hunderttausend Toren von euch immer fester und fester darin gegründet haben? Jeder will doch gern *ganz* sein, was er ist, und unsre Existenz ist nun einmal, *glücklich scheinen*. Weil wir es nicht *sein* können auf eure Weise, sollen wir es darum gar nicht sein? Wenn wir die Freude aus ihrem reinen Quell unmittelbar nicht mehr schöpfen dürfen, sollen wir uns auch nicht mit einem künstlichen Genuß hintergehen, nicht von eben der Hand, die uns beraubte, eine schwache Entschädigung empfangen dürfen?"

„Sonst fanden Sie diese in Ihrem Herzen."

„Wenn ich sie nun nicht mehr darin finde? – Oh, wie kommen wir darauf? Warum mußten Sie diese Erinnerung in mir aufwecken? – Wenn ich nun eben zu diesem Sinnentumult meine Zuflucht nahm, um eine innere Stimme zu betäuben, die das Unglück meines Lebens macht – um diese grübelnde Vernunft zur Ruhe zu bringen, die wie eine schneidende Sichel in meinem Gehirn hin- und herfährt und mit jeder neuen Forschung einen neuen Zweig meiner Glückseligkeit zerschneidet?"

„Mein bester Prinz!" – Er war aufgestanden und ging im Zimmer herum, in ungewöhnlicher Bewegung.

„Wenn alles vor mir und hinter mir versinkt – die Vergangenheit im traurigen Einerlei wie ein Reich der Versteinerung hinter mir liegt – wenn die Zukunft mir nichts bietet – wenn ich meines Daseins ganzen Kreis im schmalen Raume der *Gegenwart* beschlossen sehe – wer verargt es mir, daß ich dies magre Geschenk der Zeit, feurig und unersättlich wie einen Freund, den ich zum letzten Male sehe, in meine Arme schließe? Wenn ich mit diesem flüchtigen Gute zu wuchern eile, wie der achtzigjährige Greis mit seiner Tiara? – Oh, ich hab' ihn schätzen lernen, den Augenblick! Der Augenblick ist unsere Mutter, und wie eine Mutter laßt uns ihn lieben!"

„Gnädigster Herr, sonst glaubten Sie an ein bleibenderes Gut –"

„Oh, machen Sie, daß mir das Wolkenbild halte, und ich will meine glühenden Arme darum schlagen. Was für Freude kann es mir geben, Erscheinungen zu beglücken, die morgen dahin sein werden wie ich? – Ist nicht alles Flucht um mich herum? Alles stößt sich und drängt seinen Nachbar weg, aus dem Quell des Daseins einen Tropfen eilends zu trinken und lechzend davon zugehen. Jetzt in dem Augenblick, wo ich meiner Kraft mich freue, ist schon ein werdendes Leben an meine Verwesung angewiesen. Zeigen Sie mir ein Wesen, das dauert, so will ich tugendhaft sein."

„Was hat denn die wohltätigen Empfindungen verdrängt, die einst der Genuß und die Richtschnur Ihres Lebens waren? Saaten für die Zukunft zu pflanzen, einer hohen, ewigen Ordnung zu dienen –“

„Dienen! Dienen gewiß, so gewiß als der unbedeutendste Mauerstein der Symmetrie des Palastes, die auf ihm ruhet! Aber auch als ein mitbefragtes, mitgenießendes Wesen? Lieblicher, gutherziger Wahn des Menschen! Deine Kräfte willst du ihr widmen? Kannst du sie ihr denn verweigern? Was du bist und was du besitzest, bist du ja nur, besitzest du nur für sie. Hast du gegeben, was du geben kannst, und was du allein ihr geben konntest, so bist du auch nicht mehr, deine Gebrechlichkeit spricht dir das Urteil, und sie ist es auch, die es vollziehet. Aber wer ist denn diese Natur, diese Ordnung, wider welche ich klage? Immerhin! Möchte sie, wie der Griechen Saturn, ihre eigenen Kinder verzehren, *wäre* sie selbst nur, überlebte sie auch nur die vergangne Sekunde! – Ein unermeßlicher Baum steht sie da im unermeßlichen Raume. Die Weisheit und die Tugend ganzer Generationen rinnen wie Säfte in seinen Röhren, Jahrtausende und die Nationen, die darin Geräusch machten, fallen wie welke Blüten, wie verdorrte Blätter von seinen Zweigen, die er mit innrer, unvergänglicher Zeugungskraft aus dem Stamme treibt. Kannst du von ihr verlangen, was sie selbst nicht besitzet? Du eine Furche, die der Wind in die Meeresfläche bläst, deines Daseins Spur darin zu sichern verlangen?“

„Diese trostlose Behauptung widerlegt schon die Weltgeschichte. Die Namen Lykurg, Sokrates, Aristides haben ihre Werke überdauert.“

„Und der nützliche Mann, der den Pflug zusammensetzte – wie hieß der? Trauen sie einer Belohnerin, die nicht *gerecht* ist? Sie leben in der Geschichte, wie Mumien in Balsam, um mit ihrer Geschichte etwas später zu vergehen.“

„Und dieser Trieb zur ewigen Fortdauer? Kann oder darf ihre Notwendigkeit *verschwenden*? Durfte in der Kraft *etwas* sein, dem nichts in der Wirkung entspräche?“

„Oh, in dieser Wirkung eben liegt alles. Verschwenden? Steigt nicht auch der Wasserstrahl in der Kaskade mit einer Kraft in die Höhe, die ihn durch einen unendlichen Raum schleudern könnte? Aber schon im ersten Moment seines Aufsprunges zieht die Schwerkraft an ihm, drücken tausend Luftsäulen auf ihn, die ihn, früher oder später, in einem höhern oder niedrigern Bogen zur mütterlichen Erde zurücktreiben? Um so *spät* zu fallen, mußte er mit dieser üppigen Kraft aufsteigen – gerade eine elastische Kraft, wie der Trieb zur Unsterblichkeit, gehörte dazu, wenn sich die Menschenerscheinung gegen die herandrückende Notwendigkeit Raum machen sollte. Ich gebe mich überwunden, liebster Freund, wenn Sie mir dartun, daß dieser Trieb zur Unsterblichkeit im Menschen nicht ebenso vollkommen mit dem zeitlichen Zweck seines Daseins aufgehe, als seine sinnlichsten Triebe. Freilich verführt uns unser Stolz, Kräfte, die wir nur *für*, nur *durch* die Notwendigkeit haben, gegen sie selbst anzuwenden, aber hätten wir wohl diesen Stolz, wenn sie nicht auch von *ihm* Vorteile zöge? Wäre sie ein vernünftiges Wesen, sie müßte sich unsrer Philosophien ohngefähr ebenso freuen, wie sich ein weiser Feldherr an dem Mutwillen seiner kriegerischen Jugend ergötzet, der ihm Helden im Gefechte verspricht."

„Der Gedanke diente nur der Bewegung? Das Ganze wäre tot und die Teile lebten? Der Zweck wäre so *gemein* und die Mittel so *edel*?"

„*Zweck* überhaupt hätten wir nie sagen sollen. Um in Ihre Vorstellungsart einzutreten, entlehne ich diesen Begriff von der moralischen Welt, weil wir hier gewohnt sind, die Folgen einer Handlung ihren Zweck zu nennen. In der Seele selbst geht zwar der Zweck dem Mittel voran; wenn ihre innern Wirkungen aber in äußre übergehen, so kehrt sich diese Ordnung um, und das Mittel verhält sich zu dem Zwecke wie die Ursache zu ihrer Wirkung. In diesem letzten Sinne durfte ich mich uneigentlich dieses Ausdrucks bedienen, der aber auf unsere jetzige Untersuchung keinen störenden Einfluß haben darf. Setzen Sie statt Mittel und Zweck Ursache und Wirkung – wo bleibt der Unterschied von *gemein* und *edel*? Was kann an der Ursache edel sein, als daß sie ihre Wirkung erfüllet? Edel und gemein bezeichnen nur das Verhältnis, in welchem ein Gegenstand gegen ein *gewisses Prinzipium in unserer Seele* stehet – es ist also ein Begriff, der nur innerhalb unsrer Seele, nicht außerhalb derselben anzuwenden ist. Sehen Sie aber, wie Sie schon als erwiesen annehmen, was wir erst durch unsre Schlüsse herausbringen sollen? Warum anders nennen Sie den *Gedanken* im Gegensatz von der *Bewegung* edel, als weil Sie das denkende Wesen schon als den Mittelpunkt voraussetzen, dem Sie die Folgenreihe der Dinge unterordnen? Treten Sie in *meine* Gedankenreihe, so wird diese Rangordnung verschwinden, der Gedanke ist Wirkung und Ursache der Bewegung und ein Glied der Notwendigkeit, wie der Pulsschlag, der ihn begleitet."

„Nimmermehr werden Sie diesen paradoxen, unnatürlichen Satz durchsetzen. Beinahe überall können wir mit unserm Verstande den Zweck der physischen Natur bis in den Menschen verfolgen. Wo sehen wir sie auch nur einmal diese Ordnung umkehren und den Zweck des Menschen der physischen Welt unterwerfen? Und wie wollen Sie diese *auswärtige* Bestimmung mit dem Glückseligkeitstriebe vereinigen, der alle seine Bestrebungen *einwärts* gegen ihn selbst richtet?"

„Lassen Sie uns doch versuchen. Um mich kürzer zu fassen, muß ich mich wieder Ihrer Sprache bedienen. Setzen wir also, daß moralische Erscheinungen nötig waren, wie Licht und Schall nötig waren, so mußten Wesen vorhanden sein, die diesem besondern Geschäfte zugebildet waren, so wie Äther und Luft gerade so und nicht anders beschaffen sein mußten, um derjenigen Anzahl von Schwingungen fähig zu sein, die uns die Vorstellung von Farbe und Wohlklang geben. Es mußten also Wesen existieren, die sich selbst in Bewegung setzen, weil die moralische Erscheinung auf der Freiheit beruhet; was also bei Luft und Äther, bei dem Mineral und der Pflanze die ursprüngliche Form leistet, mußte hier von einem *innern* Prinzipium erhalten werden, gegen welches sich die Beweggründe oder die bewegenden Kräfte dieses Wesens ohngefähr ebenso verhielten als die bewegenden Kräfte der Pflanze gegen den beständigen Typus ihres Baues. Wie sie das bloß organische Wesen durch eine unveränderliche Mechanik lenkt, so mußte sie das denkend-empfindende Wesen durch Schmerz und Vergnügen bewegen."

„Ganz richtig."

„Wir sehen sie also in der moralischen Welt ihre bisherige Ordnung verlassen, ja sogar mit sich selbst in einen anscheinenden Streit geraten. In jedem moralischen Wesen legt sie ein neues Zentrum an, einen Staat im Staate, gleichsam als hätte sie ihren allgemeinen Zweck ganz aus den Augen verloren. Gegen dieses Zentrum müssen sich alle Tätigkeiten dieses Wesens mit einem Zwange neigen, wie sie ihn in der physischen Welt durch die Schwerkraft ausübt. Dieses Wesen ist auf die Art in sich selbst gegründet, ein wahres und wirkliches Ganze, durch diesen Fall zu seinem Zentrum dazu gebildet, ebenso wie der Planet der Erde durch die Schwerkraft zur Kugel ward, und als Kugel fortdauert. Bis hieher scheint sie sich selbst ganz vergessen zu haben.

„Aber wir haben gehört, daß dieses Wesen nur vorhanden ist, um die moralischen Erscheinungen hervorzubringen, deren sie bedurfte; die Freiheit dieses Wesens oder sein Vermögen, sich selbst zu bewegen, mußte also dem Zweck unterworfen werden, zu welchem sie es bestimmte. Wollte sie also über die Wirkungen Meister bleiben, die es leistete, so mußte sie sich des Prinzipiums bemächtigen, wonach sich das moralische Wesen beweget. Was konnte sie daher anders tun, als *ihren* Zweck mit diesem Wesen an das Prinzipium anschließen, wodurch es regiert wird, oder mit andern Worten, seine zweckmäßige Tätigkeit zur notwendigen Bedingung seiner Glückseligkeit machen?“

„Das begreif' ich.“

„Erfüllt also das moralische Wesen die Bedingungen seiner Glückseligkeit, so tritt es ebendadurch wieder in den Plan der Natur ein, dem es durch diesen abgesonderten Plan entzogen zu sein schien, ebenso wie der Erdkörper durch den Fall seiner Teile zu ihrem Zentrum gemacht wird, die Ekliptik zu beschreiben. Durch Schmerz und Vergnügen erfährt also das moralische Wesen jedesmal nur die Verhältnisse seines gegenwärtigen Zustandes zu dem Zustande seiner höchsten Vollkommenheit, welcher einerlei ist mit dem Zwecke der Natur. Diesen Weiser hat und bedarf das organische Wesen nicht, weil es sich durch sich selbst dem Zustand seiner Vollkommenheit weder nähern noch von ihm entfernen kann. Jenes also hat vor diesem den Genuß seiner

Vollkommenheit, d.i. Glückseligkeit, voraus, mit dieser aber auch die Warnung, wenn es davon abweicht, oder das Leiden. Hätte eine elastische Kugel das Bewußtsein ihres Zustandes, so würde der Fingerdruck, der ihr eine flache Form aufdringt, sie schmerzen, so würde sie mit einem Gefühle von Wollust zu ihrer schönsten Ründung zurückkehren."

„Ihre elastische Kraft dient ihr statt jenes Gefühles."

„Aber ebensowenig Ähnlichkeit die schnelle Bewegung, die wir Feuer nennen, mit der Empfindung des Brennens oder die kubische Form eines Salzes mit seinem bittern Geschmacke hat, ebensowenig Ähnlichkeit hat das Gefühl, das wir Glückseligkeit nennen, mit dem Zustand unsrer innern Vollkommenheit, den es begleitet, oder mit dem Zweck der Natur, dem es dienet. Beide, möchte man sagen, seien durch eine ebenso willkürliche Koexistenz miteinander verbunden, wie der Lorbeerkranz mit einem Siege, wie ein Brandmal mit einer ehrlosen Handlung."

„So scheint es."

„Der Mensch also brauchte kein *Mitwisser* des Zwecks zu sein, den die Natur durch ihn ausführt. Mochte er immerhin von keinem andern Prinzipium wissen, als dem, wodurch er in seiner kleinen Welt sich regiert, mochte er sogar im lieblichen, selbstgefälligen Wahn die Verhältnisse dieser seiner kleinen Welt der großen Natur als Gesetze unterlegen – dadurch, daß er seiner Struktur dienet, sind ihre Zwecke mit ihm gesichert."

„Und kann etwas vortrefflicher sein, als daß alle Teile des großen Ganzen nur dadurch den Zweck der Natur befördern, daß sie ihrem eignen getreu bleiben, daß sie nicht zu der Harmonie beitragen *wollen* dürfen, sondern daß sie es *müssen*. Diese Vorstellung ist so schön, so hinreißend, daß man schon dadurch allein bewogen wird –"

„sie einem Geiste zu gönnen, wollen Sie sagen? weil der selbstsüchtige Mensch seinem Geschlechte gern alles Gute und Schöne zutragen möchte, weil er den Schöpfer so gern in seiner Familie haben möchte. Geben Sie dem Kristalle das Vermögen der Vorstellung, sein höchster Weltplan wird Kristallisation, seine Gottheit die schönste Form von

Kristall sein. Und mußte dies nicht so sein? Hielt nicht jede einzelne Wasserkugel so getreu und fest an ihrem Mittelpunkte, so würde sich nie ein Weltmeer bewegt haben."

„Aber wissen Sie auch, gnädigster Prinz, daß Sie bisher nur gegen sich selbst bewiesen haben? Wenn es wahr ist, wie Sie sagen, daß der Mensch nicht aus seinem Mittelpunkte weichen kann, woher Ihre eigene Anmaßung, den Gang der Natur zu bestimmen? Wie können Sie es dann unternehmen, die Regel festsetzen zu wollen, nach der sie handelt?"

„Nichts weniger. Ich bestimmte nichts, ich nehme ja nur hinweg, was die Menschen mit *ihr* verwechselt haben, was sie aus ihrer eignen Brust genommen und durch prahlerische Titel aufgeschmückt haben. Was mir vorherging und was mir folgen wird, sehe ich als zwei schwarze undurchdringliche Decken an, die an beiden Grenzen des menschlichen Lebens herunterhängen und welche noch kein Lebender aufgezogen hat. Schon viele hundert Generationen stehen mit der Fackel davor und raten und raten, was etwa dahinter sein möchte. Viele sehen ihren eigenen Schatten, die Gestalten ihrer Leidenschaft, vergrößert auf der Decke der Zukunft sich bewegen und fahren schaudernd vor ihrem eigenen Bilde zusammen. Dichter, Philosophen und Staatenstifter haben sie mit ihren Träumen bemalt, lachender oder finstrer, wie der Himmel über ihnen trüber oder heiterer war; und von weitem täuschte die Perspektive. Auch manche Gaukler nutzten diese allgemeine Neugier und setzten durch seltsame Vermummungen die gespannten Phantasien in Erstaunen. Eine tiefe Stille herrscht hinter dieser Decke; keiner, der einmal dahinter ist, antwortet hinter ihr hervor; alles was man hörte, war ein hohler Widerschall der Frage, als ob man in eine Gruft gerufen hätte. Hinter diese Decke müssen alle, und mit Schaudern fassen sie sie an, ungewiß, wer wohl dahinter stehe und sie in Empfang nehmen werde; quid sit id, quod tantum morituri vident. Freilich gab es auch Ungläubige darunter, die behaupteten, daß diese Decke die Menschen nur narre, und daß man nichts beobachtet hätte, weil auch nichts dahinter sei; aber um sie zu überweisen, schickte man sie eilig dahinter."

„Ein rascher Schluß war es immer, wenn Sie keinen bessern Grund hatten, als weil Sie nichts sahen."

„Sehen Sie nun, lieber Freund, ich bescheide mich gern, nicht hinter diese Decke blicken zu wollen – und das Weiseste wird doch wohl sein, mich von aller Neugier zu entwöhnen. Aber indem ich diesen unüberschreitbaren Kreis um mich ziehe und mein ganzes Sein in die Schranken der Gegenwart einschließe, wird mir dieser kleine Fleck desto wichtiger, den ich schon über eiteln Eroberungsgedanken zu vernachlässigen in Gefahr war. Das, was Sie den Zweck meines Daseins nennen, geht mich jetzt nichts mehr an. Ich kann mich ihm nicht entziehen, ich kann ihm nichts nachhelfen, ich weiß aber und glaube fest, daß ich einen solchen Zweck erfüllen muß und erfülle. Aber das Mittel, das ihre Natur gewählt hat, um ihren Zweck mit mir zu erfüllen, ist mit desto heiliger – es ist alles, was mein ist, meine Moralität nämlich, meine Glückseligkeit. Alles übrige werde ich niemals erfahren. Ich bin einem Boten gleich, der einen versiegelten Brief an den Ort seiner Bestimmung trägt. Was er enthält, kann ihm einerlei sein – er hat nichts als seinen Botenlohn dabei zu verdienen."

„Oh, wie arm lassen Sie mich stehen!"

„Aber wohin haben wir uns verirret?" rief jetzt der Prinz aus, indem er lächelnd auf den Tisch sah, wo die Rollen lagen. „Und doch nicht so sehr verirret!" setzte er hinzu – „denn vielleicht werden Sie mich jetzt in dieser neuen Lebensart wiederfinden. Auch ich konnte mich nicht so schnell von dem eingebildeten Reichtum entwöhnen, die Stützen meiner Moralität und meiner Glückseligkeit nicht so schnell von dem lieblichen Traume ablösen, mit welchem alles, was bis jetzt in mir gelebt hatte, so fest verschlungen war. Ich sehnte mich nach dem Leichtsinne, der das Dasein der mehresten Menschen um mich her so erträglich macht. Alles, was mich mir selbst entführte, war mir willkommen. Soll ich es Ihnen gestehen? Ich wünschte zu *sinken*, um diese Quelle meines Leidens auch mit der Kraft dazu zu zerstören."

Ich konnte das Gespräch noch nicht abgebrochen sehen.

„Gnädigster Prinz," fing ich von neuem an, „hab' ich Sie auch recht verstanden? Der letzte Zweck des Menschen ist nicht im Menschen, sondern außer ihm? Er ist nur um seiner Folgen willen vorhanden."

„Lassen Sie uns diesen Ausdruck vermeiden, der uns irre führt. Sagen Sie, er ist da, weil die Ursachen seines Daseins da waren und weil seine Wirkungen existieren, oder, welches ebensoviel sagt, weil die Ursachen, die ihm vorhergingen, eine Wirkung haben mußten, und die Wirkungen, die er hervorbringt, eine Ursache haben müssen."

„Wenn ich ihm also einen Wert beilegen will, so kann ich diesen nur nach der Menge und Wichtigkeit der Wirkungen abwägen, deren Ursache er ist."

„Nach der *Menge* seiner Wirkungen. Wichtig nennen wir eine Wirkung bloß, weil sie eine größre Menge von Wirkungen nach sich ziehet. Der Mensch hat keinen andern Wert als seine Wirkungen."

„Derjenige Mensch also, in welchem der Grund mehrerer Wirkungen enthalten ist, wäre der vortrefflichere Mensch?"

„Unwidersprechlich."

„Wie? So ist zwischen dem Guten und Schlimmen kein Unterschied mehr! So ist die moralische Schönheit verloren!"

„Das fürcht' ich nicht. Wäre das, so wollte ich sogleich gegen Sie verloren geben. Das Gefühl des moralischen Unterschiedes ist mir eine weit wichtigere Instanz als meine Vernunft – und nur alsdann fing ich an, an die letztere zu glauben, da ich sie mit jenem unvertilgbaren Gefühle übereinstimmend fand. Ihre Moralität bedarf einer Stütze, die meinige ruht auf ihrer eigenen Achse."

„Lehrt uns nicht die Erfahrung, daß oft die wichtigsten Rollen durch die mittelmäßigsten Spieler gespielt werden, daß die Natur die heilsamsten Revolutionen durch die schädlichsten Subjekte vollbringt? Ein Mahomed, ein Attila, ein Aurangzeb sind so wirksame Diener des Universums, als Gewitter, Erdbeben, Vulkane kostbare Werkzeuge der physischen Natur. Ein Despot auf dem Thron, der jede Stunde seiner Regierung mit Blut und

Elend bezeichnet, wäre also ein weit würdigeres Glied ihrer Schöpfung als der Feldbauer in seinen Ländern, weil er ein wirksameres ist – ja was das Traurigste ist, er wäre eben durch *das* vortrefflicher, was ihn zum Gegenstande unsers Abscheues macht, durch die größre Summe seiner Taten, die alle fluchwürdig sind – er hätte in eben dem Grade einen größern Anspruch auf den Namen eines vortrefflichen Menschen, als er unter die Menschheit herabsinkt. Laster und Tugend –"

„Sehen Sie," rief der Prinz mit Verdrusse, „wie Sie sich von der Oberfläche hintergehen lassen, und wie leicht Sie mir gewonnen geben! Wie können Sie behaupten, daß ein *verwüstendes* Leben ein *tätiges* Leben sei? Der Despot ist das unnützlichste Geschöpf in seinen Staaten, weil er durch Furcht und Sorge die tätigsten Kräfte bindet und die schöpferische Freude erstickt. Sein ganzes Dasein ist eine fürchterliche Negative; und wenn er gar an das edelste, heiligste Leben greift und die Freiheit des Denkens zerstöret – hunderttausend tätige Menschen ersetzen in einem Jahrhunderte nicht, was *ein* Hildebrand, *ein* Philipp von Spanien in wenigen Jahren verwüsteten. Wie können Sie diese Geschöpfe und Schöpfer der Verwesung durch Vergleichung mit jenen wohltätigen Werkzeugen des Lebens und der Fruchtbarkeit ehren!"

„Ich gestehe die Schwäche meines Einwurfs – aber setzen wir anstatt eines Philipps einen Peter den Großen auf den Thron, so können Sie doch nicht leugnen, daß dieser in seiner Monarchie wirksamer sei als der Privatmann bei dem nämlichen Maß von Kräften und aller Tätigkeit, deren er fähig ist. Das Glück ist es also doch, was nach Ihrem Systeme die Grade der Vortrefflichkeit bestimmt, weil es die Gelegenheiten zum Wirken verteilet!"

„Der Thron wäre also nach Ihrer Meinung vorzugsweise eine solche Gelegenheit? Sagen Sie mir doch – wenn der König regieret, was tut der Philosoph in seinen Reichen?"

„Er denkt."

„Und was tut der König, wenn er regieret?"

„Er denkt."

„Und wenn der wachsame Philosoph schläft, was tut der wachsame König?“

„Er schläft.“

„Nehmen Sie zwei brennende Kerzen, eine davon stehe in einer Bauernstube, die andre soll in einem prächtigen Saale einer fröhlichen Gesellschaft leuchten. Was werden sie beide?“

„Sie werden leuchten. Aber eben das spricht für mich – Beide Kerzen, nehmen wir an, brennen gleich lang und gleich helle, und verwechselte man ihre Bestimmung, so würde niemand einen Unterschied merken. Warum soll die eine darum vortrefflicher sein, weil der Zufall sie begünstigte, in einem glänzenden Saal Pracht und Schönheit zu zeigen, warum soll die andre schlechter sein, weil der Zufall sie dazu verdammte, in einer Bauernhütte Armut und Kummer sichtbar zu machen? Und doch folgte dies notwendig aus Ihrer Behauptung?“

„Beide sind gleich vortrefflich, aber beide haben auch *gleich viel* geleistet?“

„Wie ist das möglich? Da die in dem weiten Saale soviel mehr Licht ausgegossen hat als die andre? Da sie soviel mehr Vergnügen verbreitet hat als die andre?“

„Erwägen Sie nur, das hier nur von der ersten Wirkung die Rede ist, nicht von der ganzen Kette. Nur die nächstfolgende Wirkung gehört der nächstvorhergegangenen Ursache; nur so viele Teile der Lichtmaterie, als sie unmittelbar berührte, setzte die brennende Kerze in Schwung. Und was sollte nun die einer der andern voraushaben? Können Sie aus einem jeden Zentralpunkt nicht gleich viel Strahlen ziehen? Ebensoviel aus Ihrem Augensterne als aus dem Mittelpunkt der Erde? Entwöhnen Sie sich doch, die großen Massen, die der Verstand nur als solche Ganze zusammenfaßt, in der wirklichen Welt auch als solche existierende Ganze vorauszusetzen. Der Feuerfunke, der in ein Pulvermagazin fällt, einen Turm in die Luft sprengt und hundert Häuser verschüttet, hat darum doch nur ein einziges Körnchen gezündet.“

„Sehr gut, aber –“

„Wenden wir dieses auf moralische Handlungen an. Wir gehen spazieren, und zwei Bettler sollen uns begegnen. Ich gebe dem einen ein Stück Geld, Sie dem andern ein gleiches; der meinige betrinkt sich von dem Gelde und begeht in diesem Zustande eine Mordtat, der Ihrige kauft einem sterbenden Vater eine Stärkung und fristet ihm damit das Leben. Ich hätte also durch eben *die* Handlung, wodurch *Sie* Leben gaben, Leben geraubet? – Nichts weniger. Die Wirkung meiner Tat hörte mit ihrer Unmittelbarkeit, so wie die Ihrige, auf, *meine* Wirkung zu sein.“

„Wenn aber mein Verstand diese Folgenreihe übersiehet und nur diese Übersicht mich zu der Tat bestimmt – wenn ich dem Bettler dieses Geld gab, um einem sterbenden Vater das Leben damit zu fristen, so sind doch alle diese Folgen mein, wenn sie so eintreffen, wie ich sie mir dachte.'

„Nichts weniger. Vergessen Sie nur nie, daß *eine* Ursache nur *eine* Wirkung haben kann. Die ganze Wirkung, die Sie hervorbrachten, war, das Geldstück aus Ihrer Hand in die Hand des Bettlers zu bringen. Dies ist von dieser ganzen langen Kette von Wirkungen die einzige, die auf Ihre Rechnung kommt. Die Arznei wirkte als Arznei u.s.f. – Sie scheinen verwundert. Sie glauben, daß ich Paradoxe behaupte, ein einziges Wort könnte uns vielleicht miteinander verständigen, aber wir wollen es lieber durch unsre Schlüsse finden.“

„Aus dem Bisherigen, sehe ich wohl, folgt, daß eine gute Tat an ihrer schlimmen Wirkung nicht schuld ist und eine schlimme Tat nicht an ihrer vortrefflichen. Aber zugleich folgt auch daraus, daß weder die gute an ihrer guten Wirkung noch die schlimme an ihrer schlimmen schuld ist, und daß also beide in ihren Wirkungen ganz gleich sind. – Sie müßten denn die seltenen Fälle ausnehmen wollen, wo die unmittelbare Wirkung zugleich auch die abgezweckte ist.“

„Eine solche unmittelbare gibt es gar nicht, denn zwischen jede Wirkung, die der Mensch außer sich hervorbringt, und deren innre Ursache oder den Willen wird sich eine Reihe gleichgültiger einschieben, wenn es auch nichts als Muskularbewegung wäre. Sagen Sie also dreist, daß beide in ihren Wirkungen durchaus moralisch einerlei, d.i. gleichgültig sind. – Und wer wird dieses leugnen wollen? Der Dolchstich, der das Leben eines Heinrich IV. und eines Domitians endigt, sind beide ganz die nämliche Handlung."

„Recht, aber die Motive –"

„Die Motive also bestimmen die moralische Handlung. Und woraus bestehen die Motive?"

„Aus Vorstellungen."

„Und was nennen Sie Vorstellungen?"

„Innre Handlungen oder Tätigkeiten des denkenden Wesens, die äußern Tätigkeiten korrespondieren."

„Eine moralische Handlung ist also eine Folge innrer Tätigkeiten, welche äußern Veränderungen korrespondieren?"

„Ganz richtig."

„Wenn ich also sage, die Begebenheit ABC ist eine moralische Handlung, so heißt dies soviel, als der Reihe äußrer Veränderungen, welche diese Begebenheit ABC ausmachen, ist eine Reihe innrer Veränderungen abc vorhergegangen?"

„So ist es."

„Die Handlungen abc waren also bereits beschlossen, als die Handlungen ABC anfingen."

„Notwendig."

„Wenn also ABC auch nicht angefangen hätte, so wäre abc darum nicht weniger gewesen. War nun die Moralität in abc enthalten, so blieb sie auch, wenn wir ABC ganz vertilgen."

„Ich verstehe Sie, gnädigster Herr – und so wäre dasjenige, was ich für das erste Glied in der Kette gehalten, das letzte darin gewesen. Als ich dem Bettler das Geld gab, war meine moralische Handlung schon ganz vorbei, schon ihr ganzer Wert oder Unwert entschieden."

„So mein' ich's. Trafen die Folgen ein, wie Sie sie dachten, d.i. folgte ABC auf abc, so war es nichts weiter als eine *gelungene* gute Handlung. In diesem äußern Strome hat der Mensch nichts mehr zu sagen, ihm gehört nichts als seine eigene Seele. Sie sehen daraus aufs neue, daß der Monarch nichts dem Privatmanne voraus hat, denn auch er ist so wenig Herr jenes Stromes als dieser; auch bei ihm ist das ganze Gebiet seiner Wirksamkeit bloß innerhalb seiner eigenen Seele."

„Aber dadurch wird nichts verändert, gnädigster Herr; denn auch die böse Handlung hat ihre Motive wie die gute, d.i. ihre innern Tätigkeiten, und nur um dieser Motive willen nennen wir sie ja böse. Setzen Sie also den Zweck und den Wert des Menschen in die Summe seiner Tätigkeiten, so sehe ich immer noch nicht, wie Sie die Moralität aus seinem Zwecke herausbringen, und meine vorigen Einwürfe kehren zurück."

„Lassen Sie uns hören. *Schlimm* oder *gut*, sind wir übereingekommen, seien Prädikate, die eine Handlung erst in der Seele erlange."

„Das ist erwiesen."

„Lassen wir also zwischen die äußere Welt und das denkende Wesen eine Scheidewand fallen, so erscheint uns die nämliche Handlung außerhalb derselben gleichgültig, innerhalb derselben nennen wir sie schlimm oder gut."

„Richtig."

„Moralität ist also eine Beziehung, die nur innerhalb der Seele, außer ihr nie gedacht werden kann, so wie z.B. die Ehre eine Beziehung ist, die dem Menschen nur innerhalb der bürgerlichen Gesellschaft zukommen kann."

„Ganz recht."

„Sobald wir uns eine Handlung als in der Seele vorhanden denken, so erscheint sie uns als die Bürgerin einer ganz andern Welt, und nach ganz andern Gesetzen müssen wir sie richten. Sie gehört einem eigenen Ganzen zu, das seinen Mittelpunkt in sich selbst hat, aus welchem alles fließt, was es gibt, gegen welchen alles strömt, was es empfänget. Dieser Mittelpunkt oder dieses Prinzipium ist, wie wir vorhin übereingekommen sind, nicht anders als der inwohnende Trieb, alle seine Kräfte zum Wirken zu bringen, oder, was ebensoviel sagt, zur höchsten Kundmachung seiner Existenz zu gelangen. In diesen Zustand setzen wir die Vollkommenheit des moralischen Wesens, so wie wir eine Uhr vollkommen nennen, wenn alle Teile, woraus der Künstler sie zusammensetzte, der Wirkung entsprechen, um derentwillen er sie zusammensetzte, wie wir ein musikalisches Instrument vollkommen nennen, wenn alle Teile desselben an seiner höchsten Wirkung den höchsten Anteil nehmen, dessen sie fähig und um dessentwillen sie vereinigt sind. Das Verhältnis nun, in welchem die Tätigkeiten des moralischen Wesens zu diesem Prinzipium stehen, bezeichnen wir mit dem Namen der *Moralität*; und eine Handlung ist moralisch gut oder moralisch böse, je nachdem sie sich jenem nähert oder von ihm entfernet, es befördert oder hindert. Sind wir darüber einig?"

„Vollkommen."

„Da nun jenes Prinzipium kein andres ist als die vollständigste Tätigkeit aller Kräfte im Menschen, so ist eine gute Handlung, wobei mehr Kräfte tätig waren, eine schlimme, wobei weniger tätig waren?"

„Hier, gnädigster Herr, lassen Sie uns innehalten. Diesem nach käme eine kleine Wohltat, die ich reiche, in der moralischen Rangordnung sehr tief unter das jahrlange Komplott der Bartholomäusnacht zu stehen, oder die Verschwörung des Cueva gegen Venedig."

Der Prinz verlor hier die Geduld. „Wann werd' ich Ihnen doch begreiflich machen können," fing er an, „daß die Natur kein Ganzes kenne? Stellen Sie zusammen, was zusammengehört. War jenes Komplott *eine* Handlung, oder nicht vielmehr eine Kette von hunderttausenden? – und von hunderttausend *mangelhaften*, gegen welche Ihre kleine Wohltat noch immer im Vorteile stehet. Der Trieb der Menschenliebe schlief bei allen, der bei der Ihrigen tätig war. Aber wir kommen ab. Wo blieb ich?"

„Eine gute Handlung sei, wobei mehr Kräfte tätig waren, und umgekehrt."

„Und dadurch also, daß weniger Kräfte bei ihr tätig waren, wird eine schlimme Handlung schlimm, und so umgekehrt?“

„Ganz begreiflich.“

„Bei einer schlimmen Handlung wird also nur *verneinet*, was bei einer guten *bejahet* wird?“

„So ist's.“

„Ich kann also nicht sagen, es gehörte ein böses Herz dazu, diese Tat zu begehen, so wenig als ich sagen kann, es gehörte ein Kind und nicht ein Mann dazu, diesen Stein aufzuheben?“

„Sehr wahr. Ich sollte vielmehr sagen, es mußte soviel gutes Herz fehlen, um diese Tat zu begehen.“

„Laster ist also nur die Abwesenheit von Tugend, Torheit die Abwesenheit von Verstand, ein Begriff ohngefähr wie Schatten oder Stille?"

„Ganz richtig.“

„Sowenig also, als man logisch-richtig sagen kann, es ist Leere, Stille, Finsternis vorhanden, sowenig gibt es ein Laster im Menschen und überhaupt also in der ganzen moralischen Welt?“

„Das ist einleuchtend.“

„Wenn es also kein Laster im Menschen gibt, so ist alles, was in ihm tätig ist, Tugend, d.i., es ist gut, ebenso wie alles tönt, was nicht still ist, alles Licht hat, was nicht im Schatten steht?“

„Das folgt.“

„Jede Handlung also, die der Mensch begeht, ist also dadurch, daß es eine Handlung ist, etwas Gutes?“

„Nach allem Vorhergegangenen.“

„Und wenn wir eine schlimme Handlung von einem Menschen sehen, so ist diese Handlung gerade das einzige Gute, was wir in diesem Augenblick an ihm bemerken.“

„Das klingt sonderbar.“

„Lassen Sie uns ein Gleichnis zu Hülfe nehmen. Warum nennen wir einen trüben, neblichten Wintertag einen traurigen Anblick? Ist es darum, weil wir eine Schneelandschaft an sich selbst widrig finden? Nichts weniger, könnte man sie in den Sommer verpflanzen, sie würde seine Schönheit erheben. Wir nennen ihn traurig, weil dieser Schnee und dieser Nebelduft nicht dasein könnten, wenn eine Sonne geschienen hätte, sie zu zerteilen, weil sie mit den ungleich größern Reizen des Sommers unvereinbar sind. Der Winter ist uns also ein Übel, nicht weil ihm alle Genüsse mangeln, sondern weil er größere ausschließt."

„Vollkommen anschaulich.“

„Ebenso mit moralischen Wesen. Wir verachten einen Menschen, der aus dem Treffen fliehet und dem Tode dadurch entgeht, nicht, weil uns der wirksame Trieb der Selbsterhaltung mißfiele, sondern weil er diesem Triebe weniger würde nachgegeben haben, wenn er die herrliche Eigenschaft des *Mutes* besessen hätte. Ich kann die Herzhaftigkeit, die List des Räubers bewundern, der mich bestiehlt, aber ihn selbst nenne ich lasterhaft, weil ihm die ungleich schönere Eigenschaft der *Gerechtigkeit* mangelt. So kann mich eine Unternehmung in Erstaunen setzen, die der Ausbruch einer jahrelang verhaltenen tätigen Rachsucht ist, aber ich nenne sie verabscheuungswürdig, weil sie mir einen Menschen zeigt, der ganze Jahre leben konnte, ohne seinen Mitmenschen zu lieben. Ich schreite mit Unwillen über ein Schlachtfeld hinweg, nicht weil so viele Leben hier verwesen – Pest und Erdbeben hätten noch mehr tun können, ohne mich gegen sich aufzubringen – auch nicht weil ich die Kraft, die Kunst, den Heldenmut nicht vortrefflich fände, die diese Krieger zu Boden streckte – sondern weil mir dieser Anblick so viele tausend Menschen ins Gedächtnis bringt, denen die Menschlichkeit fehlte."

„Vortrefflich.“

„Dasselbe gilt von den *Graden* der Moralität. Eine sehr künstliche, sehr fein ersonnene, mit Beharrlichkeit verfolgte, mit Mut ausgeführte Bosheit hat etwas Glänzendes an sich, das schwache Seelen oft zur Nachahmung reizt, weil man so viele große und schöne Kräfte in ihrer ganzen Fülle dabei wirksam findet. Und doch nennen wir diese Handlung schlimmer als eine ähnliche bei einem geringeren Maß von Geist, und strafen sie strenger, weil sie uns jenen Mangel der Gerechtigkeit in ihrer größern Motivenreihe häufiger erkennen läßt. Wird sie vollends noch an einem Wohltäter verübet, so empört sie darum unser ganzes Gefühl, weil die Gelegenheiten, den Trieb der Liebe in Bewegung zu setzen, in diesem Falle häufiger waren, und wir also die Entdeckung, daß dieser Trieb unwirksam geblieben, häufiger dabei wiederholen."

„Klar und einleuchtend."

„Auf unsre Frage zurückzukommen. Sie geben mir also zu, daß es nicht die Tätigkeiten der Kräfte sind, die das Laster zum Laster machen, sondern ihre Untätigkeit."

„Vollkommen."

„Die Motive sind aber solche Tätigkeiten; es ist also unrichtig geredet, eine Handlung ihrer Motive wegen lasterhaft zu nennen. Nichts weniger! Ihre Motive sind das einzige *Gute*, das sie hat, sie ist nur böse um derjenigen willen, die ihr mangeln."

„Unwidersprechlich."

„Aber wir hätten diesen Beweis noch kürzer führen können. Würde der Lasterhafte aus diesen Motiven handeln, wenn sie ihm nicht einen Genuß gewährten? *Genuß* allein ist es, was moralische Wesen in Bewegung setzt; und nur das Gute, wissen wir ja, kann Genuß gewähren."

„Ich bin befriedigt. Aus dem Bisherigen folgt unwidersprechlich, daß z.B. ein Mensch von hellem Geist und wohlwollendem Herzen nur darum ein besserer Mensch ist als ein andrer von ebensoviel Geist und einem minder wohltätigen Herzen, weil er sich dem Maximum innrer Tätigkeit mehr nähert. Aber eine andre Bedenklichkeit steigt in mir auf. Geben Sie einem Menschen die Eigenschaften des Verstandes, des Muts, der Tapferkeit u.s.f. in einem vorzüglich hohen Grade, und lassen Sie ihm nur die einzige Eigenschaft, die wir gutes Herz nennen, mangeln – werden Sie ihn einem andern vorziehen, der jene Eigenschaften in einem niedrigern Grade, dies Letztere aber in seinem größten Umfang besitzet? Unstreitig ist jener ein weit tätigerer Mensch als dieser, und da nach Ihnen die Tätigkeit der Kräfte den moralischen Preis bestimmet, so würde also Ihr Urteil für ihn ausfallen, und mit dem gewöhnlichem Urteil der Menschen in einem Widerspruche sich befinden."

„Es würde ohnfehlbar sehr übereinstimmend damit sein. Ein Mensch, dessen Verstandeskräfte in einem hohen Grade tätig sind, wird ebenso gewiß auch ein vortreffliches Herz besitzen, als er das, was er an sich selbst liebet, an einem andern nicht hassen kann. Wenn die Erfahrung dagegen zu streiten scheint, so hat man entweder zu freigebig von seinem Verstande, oder von moralischer Güte zu eingeschränkt geurteilt. Ein großer Geist mit einem empfindenden Herzen steht in der Ordnung der Wesen ebenso hoch über dem geistreichen Bösewicht, als der Dummkopf mit einem weichen, man sagt besser, *weichlichen* Herzen unter diesem stehet."

„Aber ein Schwärmer und einer von der heftigen Art ist doch offenbar ein tätigeres Wesen als ein Alltagsmensch mit phlegmatischem Blut und beschränkten Sinnen?"

„Bei einem noch so phlegmatischen, beschränkten Alltagsmenschen kommt doch jede Kraft zum Wirken, weil keine von der andern verdrängt wird. Er ist ein Mensch in gesundem Schlafe; der Schwärmer ist einem Frenetischrasenden gleich, der sich in wütenden Konvulsionen wirft, wenn die Lebenskraft bereits in den äußersten Arterien aufhört. – Haben Sie noch eine Einwendung?"

„Ich bin *mit* Ihnen überzeugt, daß die Moralität des Menschen in dem Mehr oder Weniger seiner innern Tätigkeit enthalten ist."

„Erinnern Sie sich nun," fuhr der Prinz fort, „daß wir diese ganze Untersuchung im geschlossenen Bezirk der menschlichen Seele angestellt haben, daß wir sie von der äußern Reihe der Dinge durch eine Scheidewand getrennt, und innerhalb dieses nie überschrittenen Kreises den ganzen Bau der Moralität aufgeführt haben. Wir haben zugleich gefunden, daß seine Glückseligkeit vollkommen mit seiner moralischen Vortrefflichkeit aufgehe, daß ihm also für die letztere ebensowenig etwas zu fordern bleibe, daß ihm auf einer erst zu erreichende Vollkommenheit ebensowenig ein Genuß voraus zugeteilt werden könne, als daß eine Rose, die heute blühet, erst im folgenden Jahre dadurch schön sei, als daß ein Mißgriff auf dem Klavier erst in das nächstkommende Spiel seinen Mißlaut einmischen kann. Es wäre ebenso denkbar, daß der Glanz der Sonne in den heutigen Mittag und ihre Wärme in den folgenden fiele, als daß die Vortrefflichkeit des Menschen in diese Welt und seine Glückseligkeit in die andre fallen könnte – Ist Ihnen dieses erwiesen?"

„Ich weiß nichts dagegen zu antworten."

„Das moralische Wesen ist also in sich selbst vollendet und beschlossen, wie das, welches wir zum Unterschied davon das organische nennen, beschlossen durch seine Moralität, wie dieses durch seinen Bau, und diese Moralität ist eine Beziehung, die von dem, was außer ihm vorgeht, durchaus unabhängig ist."

„Dies ist erwiesen."

„Es umgebe mich also, was da wolle, der moralische Unterschied bleibt."

„Ich ahnde, wo Sie hinauswollen, aber –"

„Es sei also ein vernünftig geordnetes Ganze, eine unendliche Gerechtigkeit und Güte, eine Fortdauer der Persönlichkeit, ein ewiger Fortschritt – aus der moralischen Welt läßt sich dieses wenigstens nicht mit größerer Bündigkeit erweisen als aus der physischen. Um vollkommen zu sein, um glücklich zu sein, bedarf das moralische Wesen keiner neuen Instanz mehr – und wenn es eine erwartet, so kann sich diese Erwartung wenigstens nicht mehr auf eine *Forderung* gründen. Was mit ihm werde, muß ihm für seine Vollkommenheit gleichviel sein, so wie es der Rose – um schön zu sein – gleichviel sein muß, ob sie in einer Wüste oder in fürstlichen Gärten, ob dem Busen eines lieblichen Mädchens oder dem verzehrenden Wurm entgegenblühet."

„Paßt diese Vergleichung?"

„Vollkommen; denn ich sage *hier* ausdrücklich, um *schön* zu sein, *dort* um *glücklich* zu sein – nicht, um *vorhanden* zu sein! Dies letzte gehört für eine neue Untersuchung, und ich will das Gespräch nicht verlängern."

„Ich kann Sie doch noch nicht ganz losgeben, gnädigster Prinz. Sie haben – und mir däucht unumstößlich – bewiesen, daß der Mensch nur moralisch sei, insofern er in sich selbst tätig sei – aber Sie behaupteten vorhin, daß er nur Moralität habe, um außer sich zu wirken."

„Sagen Sie, nur außer sich wirksam sei, weil er Moralität hat. Ihre *Damit* verwirren uns. Ich kann Ihre Zwecke nicht leiden."

„Hier kommt es auf eins. Es hieße also, daß er nur insofern den Grund der meisten Wirkungen außer sich enthalte, insofern er den höchsten Grad seiner Moralität erreiche. Und diesen Beweis sind Sie mir noch schuldig."

„Können Sie ihn aus dem Bisherigen nicht selbst führen? Der Zustand der höchsten innern Wirksamkeit seiner Kräfte, ist es nicht derselbe, in welchem er auch die Ursache der meisten Wirkungen außer sich sein kann?"

„Sein *kann*, aber nicht sein *muß* – denn haben Sie nicht selbst zugestanden, daß eine unwirksam gebliebene gute Tat ihrem moralischen Wert nichts benehme?"

„Nicht bloß zugestanden, sondern als höchst notwendig festgesetzt! – Wie schwer sind Sie doch von einer irrigen Vorstellung zurückzubringen, die sich einmal Ihrer bemächtigt hat. Dieser anscheinende Widerspruch, daß die äußern Folgen einer moralischen Tat für ihren Wert höchst gleichgültig seien, und daß der ganze Zweck seines Daseins dennoch nur in seinen Folgen nach außen liege, verwirrt Sie immer. Nehmen Sie an, ein großer Virtuose spiele vor einer zahlreichen, aber rohen Gesellschaft, ein Stümper komme dazwischen und entführe ihm seinen ganzen Hörsaal – welchen werden Sie für den *Nützlicheren* erklären?"

„Den Virtuosen, versteht sich, denn derselbe Künstler wird ein andermal feinere Ohren ergötzen."

„Und würde er dieses wohl, wenn er die Kunst nicht besäße, die damals verlorenging, und die er damals übte?"

„Schwerlich."

„Und wird sein Nebenbuhler jemals diejenige Wirkung hervorbringen, die er hervorbrachte?"

„Diejenige nicht, aber –"

„Aber vielleicht eine größre bei seinem größern Haufen wollen Sie sagen? Können Sie im Ernste zweifelhaft sein, ob ein Künstler, der einen Kreis fühlender Menschen und geistreicher Kenner zu bezaubern gewußt hat, mehr getan habe als jener Stümper in seinem ganzen Leben? Daß *eine* Empfindung vielleicht, die er erweckte, in einer feinen Seele sich zu Taten erhöhte, die nachher für eine Million nützlich wurden? Daß sie sich vielleicht als das einzige noch fehlende Glied an eine wichtige Kette anschloß und einem herrlichen Vorhaben die Krone aufsetzte? – Auch jener Stümper, das räume ich ein, kann fröhliche Menschen machen – auch der Mensch, der seine moralische Krone verlor, wird noch wirken, ebenso wie eine Frucht, an welcher die Fäulnis nagt, noch ein Mahl für Vögel und Würmer sein kann, aber sie wird nie mehr gewürdigt, einen reizenden Mund zu berühren."

„Lassen Sie aber jenen Künstler in einer Wüste spielen, dort leben und sterben. Ich *darf* sagen, seine Kunst belohnt ihn; auch wo kein Ohr seine Töne auffängt, ist er sein eigner Hörer und genießt in den Harmonien, die er hervorbringt, die noch herrlichere Harmonie seines Wesens. Dies dürfen *Sie* aber nicht sagen. Ihr Künstler muß Hörer haben, oder er ist umsonst dagewesen."

„Ich verstehe Sie – aber Ihr gegebener Fall kann nie stattfinden. Kein moralisches Wesen ist in einer Wüste; wo es lebet und webet, berührt es ein umgrenzendes All. Die Wirkung, die es leistet, wär' es auch nur diese einzige, wissen wir, konnte nur *dieses* Wesen und kein anderes leisten, und es konnte diese Wirkung nur vermöge seiner ganzen Beschaffenheit leisten. Wenn unser Virtuose auch nur *einmal* zum Spielen gelangte, so gestehen Sie mir doch ein, daß er gerade *dieser* Künstler sein mußte, der er war, daß er, um dieses zu sein, gerade durch so viele Grade der Übung und Kunstfertigkeit gegangen sein mußte, als er wirklich durchwandert hatte, und daß also sein ganzes vorhergegangenes Künstlerleben an diesem Augenblick des Triumphes teilnimmt. War jener erste Brutus zwanzig Jahre unnützlich, weil er zwanzig Jahre den Blödsinnigen spielte? Seine *erste* Tat war die Gründung einer Republik, die noch jetzt als die größte Erscheinung in der Weltgeschichte dasteht. Und so wäre es denkbar, daß meine *Notwendigkeit* oder Ihre Vorsehung einen Menschen ein ganzes Menschenalter lang schweigend einer Tat zubereitet hätte, die sie ihm erst in seiner letzten Stunde abfordert."

„So scheinbar dieses klingt – mein Herz kann sich nicht an die Idee gewöhnen, daß alle Kräfte, alle Bestrebungen des Menschen nur für seinen Einfluß in dieser Zeitlichkeit arbeiten sollen. Der große patriotische erfahrene Staatsmann, der heute vom Ruder gestürzt wird, trägt alle seine erworbenen Kenntnisse, seine geübten Kräfte, seine zeitigenden Plane in sein vergeßnes Privatleben hinein, worin er stirbt. Vielleicht hatte er nur noch den *letzten* Stein an die Pyramide zu setzen, die hinter ihm zusammenstürzt, die seine Nachfolger ganz von dem untersten Steine wieder anfangen müssen. Mußte er in funfzig Lebensjahren, mußte er während seiner anstrengenden Reichsverwaltung nur für die untätige Stille seines Privatlebens sammeln? Daß er durch diese Verwaltung seine Wirkung erfüllt habe, dürfen *Sie* mir nicht antworten. Wenn der Einfluß in diese Welt die ganze Bestimmung des Menschen erschöpft, so muß sein Dasein zugleich mit seiner Wirkung aufhören."

„Ich verweise Sie an das sprechende Beispiel der physischen Natur, von der Sie mir doch einräumen müssen, daß *sie* nur für die Zeitlichkeit arbeite. Wie viele Keime und Embryonen, die sie mit soviel Kunst und Sorgfalt zum künftigen Leben zusammensetzte, werden wieder in das Elementenreich aufgelöst, ohne je zur Entwicklung zu gedeihen. – Warum setzte sie sie zusammen? In jedem Menschenpaare schläft, wie in dem ersten, ein ganzes Menschengeschlecht, warum ließ sie aus soviel Millionen nur ein einziges *werden*? So gewiß sie auch diese verderbenden Keime verarbeitet, so gewiß werden auch moralische Wesen, bei denen sie einen höhern Zweck zu verlassen schien, früher oder später in denselbigen eintreten. Ergründen zu wollen, wie sie eine einzelne Wirkung durch die ganze Kette fortpflanzt, würde eine kindische Anmaßung verraten. Oft, sehen wir, läßt sie den Faden einer Tat, einer Begebenheit plötzlich fallen, den sie drei Jahrtausende nachher ebenso plötzlich wieder aufnimmt, versenkt in Kalabrien die Künste und Sitten des *achtzehnten* Jahrhunderts, um sie vielleicht im *dreißigsten* dem verwandelten Europa wieder zu zeigen, ernährt viele Menschenalter lang gesunde Nomadenhorden auf den tatarischen Steppen, um sie einst dem ermattenden Süden als frisches Blut zuzusenden, wie sie auf ihrem physischen Gange das Meer über Hollands und Seelands Küsten wirft, um vielleicht eine Insel im fernen Amerika zu entblößen! Aber auch im Einzelnen und im Kleinen fehlt es an solchen Winken nicht ganz. Wie oft tut die *Mäßigkeit* eines Vaters, der längst nicht mehr ist, an einem genievollen Sohne Wunder, wie oft ward ein ganzes Leben vielleicht nur gelebt, um eine Grabschrift zu verdienen, die in die Seele eines späten Nachkömmlings einen Feuerstrahl werfen soll! – Weil vor Jahrhunderten ein verscheuchter Vogel auf seinem Fluge einige Samenkörner da niederfallen ließ, blüht für ein landendes Volk auf einem wüsten Eiland eine Ernte – und ein moralischer Keim ging in einem so fruchtbaren Erdreich verloren!“

„O bester Prinz! Ihre Beredsamkeit begeistert mich zum Kampfe gegen Sie selber. Soviel Vortrefflichkeit können Sie Ihrer fühllosen Notwendigkeit gönnen, und wollen nicht lieber einen Gott damit glücklich machen! Sehen Sie in der ganzen Schöpfung umher. Wo irgend nur ein Genuß bereitet liegt, finden Sie ein genießendes Wesen – und dieser unendliche Genuß, dieses Mahl von Vollkommenheit, sollte durch die ganze Ewigkeit leer stehen!“

„Sonderbar!“ sagte der Prinz nach einer tiefen Stille. "Worauf *Sie* und *andere* ihre Hoffnungen gründen, eben das hat die meinigen umgestürzt – eben diese geahndete Vollkommenheit der Dinge. Wäre nicht alles so in sich beschlossen, säh' ich auch nur einen einzigen verunstaltenden Splitter aus diesem schönen Kreise herausragen, so würde mir das die Unsterblichkeit beweisen. Aber alles, alles, was ich sehe und bemerke, fällt zu diesem *sichtbaren* Mittelpunkt zurück, und unsre edelste Geistigkeit ist eine so ganz unentbehrliche Maschine, dieses Rad der Vergänglichkeit zu treiben.“

„Ich begreife Sie nicht, gnädigster Prinz. Ihre eigne Philosophie spricht Ihnen das Urteil, wahrlich, Sie sind dem reichen Manne gleich, der bei allen seinen Schätzen darbet. Sie gestehen, daß der Mensch alles in sich schließe, um glücklich zu sein, daß er seine Glückseligkeit nur allein durch das erhalten könne, was er besitzet, und Sie selbst wollen die Quelle Ihres Unglücks außer sich suchen. Sind Ihre Schlüsse wahr, so ist es ja nicht möglich, daß Sie auch nur mit einem Wunsche über diesen Ring hinausstreben, in welchem Sie den Menschen gefangen halten.“

„Das eben ist das Schlimme, daß wir nur moralisch vollkommen, nur glückselig sind, um brauchbar zu sein, daß wir unsern *Fleiß*, aber nicht unsre *Werke* genießen. Hunderttausend arbeitsame Hände trugen die Steine zu den Pyramiden zusammen – aber nicht die Pyramide war ihr Lohn. Die Pyramide ergötzte das Auge der Könige, und die fleißigen Sklaven fand man mit dem Lebensunterhalt ab. Was ist man dem Arbeiter schuldig, wenn er nicht mehr arbeiten kann, oder nichts mehr für ihn zu arbeiten sein wird? Was dem Menschen, wenn er nicht mehr zu brauchen ist?“

„Man wird ihn immer brauchen.“

„Auch immer als ein denkendes Wesen?“

Hier unterbrach uns ein Besuch – und spät genug, werden Sie denken. Verzeihung, liebster O**, für diesen ewig langen Brief. Sie wollten alle Kleinigkeiten des Prinzen erfahren, und darunter kann ich doch wohl auch seine Moralphilosophie rechnen. Ich weiß, der Zustand seines

Geistes ist Ihnen wichtig, und seine Handlungen, weiß ich, sind Ihnen nur wegen jenes wichtig. Darum schrieb ich alles auch getreulich nieder, was mir aus dieser Unterredung im Gedächtnis geblieben ist.

Künftig werde ich Sie von einer Neuigkeit unterhalten, die Sie wohl schwerlich auf ein Gespräch wie das heutige führen dürfte. Leben Sie wohl.

* * *

*Und auch ich bitte meine Leser um Verzeihung, daß ich dem guten Baron F*** so getreulich nachgeschrieben habe. Wenn mir schon die Entschuldigung, die letzterer bei seinem Freund hatte, bei dem Leser nicht zugute kommt, so hab' ich dafür eine andre, die der Baron F*** nicht hatte, und die mir bei dem Leser alles gelten muß. Der Baron F*** konnte nämlich nicht vorhersehen, was für Einfluß die Philosophie des Prinzen einmal auf sein künftiges Schicksal haben könnte, das weiß ich aber; und darum ließ ich auch alles weislich so stehen, wie ich's fand. Dem Leser, der Geister hier zu sehen gehofft hat, versichre ich, daß noch welche kommen; aber er sieht selbst, daß sie bei einem so ungläubigen Menschen, als der Prinz von *** dermalen noch ist, gar nicht angewandt sein würden.*

S.